美しき容疑者

おもな登場人物

アン（アニー）・モロー――考古学者。工芸品鑑定士
キャラ・マクリーシュ――アニーの親友、助手
ジェリー・ティリット――アニーの友人。考古学者
ニコラス（ニック）・ヨーク――アニーの友人
ケンダル・ピーターソン――CIA局員。別名ピート・テイラー
ホイットリー・スコット――FBI捜査官
リチャード・コリンズ――FBI捜査官
ベンジャミン・サリヴァン――デスマスクの元所有者
スティーヴン・マーシャル――デスマスクの購入者。大富豪
アリステア・ゴールデン――工芸品鑑定士。アニーの仕事上のライバル
ジョセフ・ジェームズ――古代遺物商

1

「なんですって！」

「身体検査をさせてもらう」連邦捜査局《FBI》捜査官はドアに向かいながら言った。「ついてきなさい」

アニー・モローは腕組みをして足を踏んばって立った。だれがついていくものですか。

「スーツケースは徹底的に調べたし、バッグもX線で調べたのに、今度は身体検査ですって？　これは明らかにいやがらせだわ。五時間も足留めを食らわせておいて、弁護士に連絡もさせないなんて。市民権の侵害もいいところよ」

マジックミラーの裏側では、中央情報局《CIA》局員のピートこと、ケンダル・ピーターソンが、高名な考古学者で美術史家、工芸品鑑定士のアニー――アン・モローを静かに見つめていた。ファイルによれば、彼女は三十二歳で、古代のコインや彫像、美術品、宝石などの金属工芸品に関して世界で随一の専門家とある。考古学者の両親を持ち、発掘作業中のエジプトで出生。十三カ国で暮らし、カレッジへ進む前にすでに十九回の発掘作業に参加している。

そして、ファイルには載っていないが、どうやら彼女は、底を突くことを知らないエネルギーを備えているらしかった。この五時間のうちで、じっと座っていたのはわずかの間だけだ。檻《おり》に入れられた動物のように、小さな取り調べ室の中をほぼ絶え間なくうろうろと歩き回っている。

その顎が頑固そうにつんと上を向き、怒ると青い目がかっと燃えることも、ファイルには書かれていない。それどころか、そこにある写真は、つやつやした茶色の長い髪とたいそう肉感的な唇のほかにはこれという取り柄もない女のように見えた。

だが、実物の彼女は美しかった……。

「あれがモロー博士さまかい」肩越しに声がした。ピートが振り返ってみると、ホイットリー・スコットだった。今回の事件を担当しているＦＢＩ側の捜査官だ。「悪かったな、飛行機が遅れたもので」

「もう何時間も引き止めているんだ。すっかりおかんむりだよ」

スピーカー・システムを通して、ＦＢＩのリチャード・コリンズと彼女がまだ言い争っているのが聞こえてくる。

「イギリスには十九世紀の金のデスマスクを買いつけに行ったのよ。クライアントのために。おとがめを受けるようなことをする時間もなかったわ。デスマスクの輸送書類だって全部そろっているし。いったい、いつになったら帰らせてくれるのよ」

「身体検査がすんだら、だ」コリンズが言った。あいつはこの役目に適任だ、とピートは思った。相手に何を言われても、少しも動じないところが。

「彼女はおまえのタイプにぴったりじゃないか、ピート」スコットが、自分より背の高いピートを横目遣いに見て言った。「楽しい仕事になりそうだな」

ピートは、焦茶色の目を一瞬スコットのほうに向けただけで、にこりともしなかった。

「あんなやせぎす女はごめんだね」

アニーは取り調べ室でうんざりしていた。テーブルにどんと手をつくと、さっき座ったばかりの椅子から立ち上がった。「いいわ、身体検査をやってちょうだい。そうしたら帰してくれるんでしょう」

だぶだぶの麻のジャケットを脱いで椅子の上に放《ほう》り投げると、スニーカーを蹴《け》って脱いだ。そして、これもまただぶだぶのシャツを頭から脱ぐと、手早くズボンのボタンをはずした。

「いや……」コリンズがあわてて言った。「ここではなくて……」

「あら、どうして？」いやに甘ったるい声でアニーは尋ねた。「まあ落ち着いてよ。わたしが持っている水着に比べたら、こんなのはまだ露出が少ないほうなんだから」

ピートの顔にゆっくりと笑みが広がった。なかなかやってくれるじゃないか、あのコリンズを動揺させるとは。彼女は、女性捜査官がいる個室に連れていかれることを知っていて、コリンズの目の前でわざと脱いだのだ。彼を動揺させるためだけに。ピートは何かひらめくものを感じた。彼女のことが気に入った。取り調べ中の容疑者で、好きになってはいけない相手なのはわかっている。しかし、こうしてここから眺めているうちに、どんどん惹《ひ》かれていく。

アニーは両手を腰に当て、鏡のほうに顔を向けて言った。「あちらの男性がたも、お楽しみに参加したいんじゃないかしら?」

こっちで見ていることを知っていたのか。彼女はたしかにただ者ではない。実に頭が切れる。ピートは賢い女性が好きだった。それがこんなあられもない格好をしていれば、なおさらだ。

黒のレースのブラジャーとパンティが、色白のなめらかそうな肌とみごとなコントラストをなしている。胸は豊かで、ウエストはくびれ、その下に細い腰と長く美しい脚が続いている。「さっきの言葉は撤回するよ」ピートはスコットに言った。「やせぎす女なんかではなかった」

「あなたたちは、わたしが出入国するたびにいやがらせをするつもり?」

ピートはスコットに目をやった。ピートより年配の彼は肩をすくめた。「彼女はまっすぐおまえを見ているぞ」

「見えやしないさ」ピートはそう言いつつも、マイクのスイッチを入れるように合図した。「アテネの事件の捜査は」マイクにきちんと拾われるように声を張り上げて言った。「まだ終わっていない」

アニーは両手を上げて歩きだした。「やっぱりね。ようやく話が見えてきたわ。デスマスクのことなんて、どうでもよかったんでしょう。わたしがあの美術館の爆弾強盗と関係があると、まだ思っているのね」

ピートはアニーの体より言葉に注意を傾けようとした。だが、それは容易ではなかった。彼女の動きは猫のようで、脚の筋肉が波立って……。

「わたしは泥棒じゃないって、何度言ったらわかってくれるの?」

アニーが足を止めて、再びピートのほうをまっすぐに見た。鏡を通して本当に見られているようで不気味だ。

「イギリスの美術館で爆発と強盗が発生した。きみがそこを出た二時間後にね」安物のスピーカーからピートのひずんだ声が流れる。「今回は人が死んだ」

アニーの顔を注意深く観察していると、さまざまな感情がそこで闘っていた。そして怒りが勝ちを収めた。

「つまり、わたしが犯人の一味だと決めてかかっているわけね。優秀なおまわりさんたちだこと。罪のない人が亡くなったのに、飛行機によく乗るからといって、わたしをいじめることしかあなたたちにはできないの？　指を切っただけで気分が悪くなるような人間と、いないいないいないばあをしているよりも、現地に行って爆弾犯を追いかけたらどうなの」

「きみはヨーロッパにある美術館へ五カ月のうちに二度行っている。その二度とも、きみがそこを出た数時間以内に爆発と強盗が発生した。これはちょっと変じゃないか？」ピートもこの仕事は長いから、よく知っている。やましいところのある人間は、それをごまかそうとするものだ。怒ったそぶりを真に受けはしないぞ。「アテネの会議を人よりもずいぶん早くに抜け出して帰ったのは、どう説明する？」

「説明することなんてないわ！」アニーは目に怒りをたぎらせた。「ＦＢＩにＣＩＡ、いろいろな人から尋問されるたびに言ったはずよ。先に抜け出したのは、展示物を全部見てしまったし、早い飛行機で帰りたかったから」今や彼女は憤慨をあらわにして歩き回っていた。「無実の人間を何がなんでも犯人に仕立て上げたいわけ？　いったいどういうつもりなのよ？」鏡の裏のピートに向かって彼女は叫んだ。

返答はなかった。重い沈黙があたりを包む。アニーは怒りをそがれてしまった。ピートの予想どおりに。アン・モロー博士は忍耐力に乏しい。我慢のできない人間は、待たされることを嫌うものだ。

アニーは向きを変えると、服を拾い集めた。「もう終わったのなら……」あてつけがましく言う。

「いや、まだだ」ピートは言った。「体を検査するのが身体検査だからね」

アニーの堪忍袋の緒が、とうとうぷつりと切れた。「ちょっと、冗談じゃないわ」そう言って服を放り出すと、つかつかと鏡の前に行った。ピートの間近に彼女が迫ってきた――肌が本当になめらかだということが目で確かめられるほどに。間に鏡さえなかったら、手を伸ばして彼女に触れられるのに。

スコットの視線を感じるので、ピートはどうにか無表情を保っていた。それにしても、女性を見てこんなに相手のことが欲しくなったのは久しぶりだった。本当にしばらくぶりのことだ。

「下着の中に隠れているのは体だけよ。ほかには何もないわ」

「残念ながら」ピートは言った。「ぼくは、きみを疑って報酬をもらう仕事をしているものでね」

「あなたたちは、いったい何を探しているの？」

「運び屋を知っているかい？」

アニーは身を硬くした。

彼女にショックを与えるのに成功したようだ。だが、どういうわけかピートは勝利を喜ぶ気になれなかった。「運び屋とは、違法なものを体内に隠して密輸入するやつらのことさ」

「それぐらい知っているわ。ねえ、わたしが戴冠《たいかん》用の宝石をのみ込んだと本当に思っているの？　あれを全部？」

「のみ込むのではない」ピートは言うと、口をつぐんだ。アニーに自分で答えを見つけさせるために。

「まあ」アニーの日に焼けた顔が青ざめ、そばかすが浮き出て見えた。「本当にこの場で、ものすごく恥ずかしいことをさせようというわけね？」

「規則に従っているだけだ」ピートは言った。「その規則によると、きみを検査しなければならない。徹底的にね。別室に医師が待機している」

「あら、ここでするんじゃないの？」アニーの怒りはすさまじいものになっていた。「おたくはその医師がちゃんとできると信用しているわけね？　自分の目で見たいんだと思っていたけど」

「見たいさ」安物のスピーカーを通しても、ピートの声は親しげに低く響いた。「それに、〝おたく〟という名前じゃない」

「感情のない声で話しかけてくれるほうがいいわ。そのほうが人間らしい思いやりが感じられるもの。でもそんなこと、あなたにはわからないでしょうね」

アニーは鏡からさっと顔をそむけたが、その目に涙が光っているのが見えた。

ピートは自分を恥じた。どうして彼女にこんなにつらく当たっているんだ？

それは、彼女に同情を覚えるからだ。彼女を信じる気持があるからだ。しかし、その信用の裏づけになるものは何もない。直感だけだった。そう、直感だ。当たる確率はあまり高くないが……。

アニーがズボンをはき、シャツを着て、女性捜査官に導かれて部屋を出ていくのをピートは見守った。そしてうなずき、マイクのスイッチを切るように合図した。

スコットがピートを見つめている。

「威勢のいい女だな」ピートはスコットに言った。

「きっと何か隠している。どうにかして彼女に近づかなくては。だが、どうやる?」

「そこだよ、問題は」ピートは壁にもたれて腕組みをした。「彼女の鑑定所にもぐり込んで働けるような才能はないし。発掘隊に入るのも無理だ」

「クライアントになるのはどうだ? 珍しい工芸品の鑑定を彼女に頼むんだ。それを足がかりにして、夕食に誘い、あとは適当によろしくやる。そうすれば、彼女も真っ黒い秘密をおまえに打ち明けるかもしれない」

「名案だ」ピートは無表情に言った。「しかし、彼女はクライアントとはデートしないと決めている。例外はなしだ」

「隣に住むのはどうだ?」

「彼女は、ウェストチェスター郡にあるヴィクトリア様式の建物を改装した家に研究室を持っていて、その上階に住んでいる。隣人になるのは高くつくぞ。予算オーバーだ。近所の家は五十万ドル近くするだろう。売りに出そうという家があればだが。すでに調べてみたが、貸してくれるところもなかったよ」

スコットはうなずき、ドアに向かった。「また策を練ろう。そのうちいい案が浮かぶさ」

2

アニーは小型の車を私道に入れて、エンジンを切った。もう、くたくただわ。いまいましいＣＩＡにＦＢＩ、みんなで寄ってたかってわたしの人生をめちゃくちゃにしようとして。

もう五カ月だ。五カ月もいやがらせが続いている。そこへきてイギリスで爆弾事件が起きて、事態は悪くなる一方だ。アニーがＦＢＩにマークされていることは、もはや町中に知れ渡っている。捜査官はアニーの知人に片っ端から話を聞いていた。おそらく知人以外にもあちこち聞き込みをしたのだろう。カレッジ時代のルームメートから先月電話があり、あなたのことをきかれたわよと言っていた。最後に会ってから五年も経《た》っているのに……。

ああ、腹が立つ。いちばんは、マジックミラーの裏から話しかけてきたおぞましい男だ。たしかピーターソン部長と呼ばれていた。もしどこかでひょっこり出会ったら、急所にすばやくキックをお見舞いしてやるわ。でも、どんな顔をしているのか見当がつかない。あのぞっとする取り調べ室のスピーカーを通さなければ、声を聞いてもわからないだろう。

アニーは車を降り、イギリスから持ち帰った荷物を下ろそうと、助手席へ回った。どうにかこうにか木箱を持ち上げながら思う。金の工芸品もいまいましいわね。とにかく重いんだから。

アシスタントの車がまだ私道に停《と》まっているので、アニーは二階の自宅ではなく研究室のほうへ行った。コンピュータのキーボードをたたく音が聞こえてくる奥の部屋に向かう。そこはオフィスになっている。

キャラ・マクリーシュが、いつもどおりの猛スピードでデータを打ち込んでいた。キャラは手を止めずに顔を上げ、にっこりした。

「おかえりなさい」茶色の短い巻き毛は相変わらずもつれるにまかせ、角ぶちの眼鏡の奥にある目はぬくもりをたたえている。「もっと早く戻ると思っていたわ。六時間ほど前かと」

アニーは金のデスマスクの入った木箱をデスクに下ろし、顔にかかった髪を後ろに払った。「監禁されていたの」ぽつりと言った。

キャラは手を止めてボスに同情のまなざしを向けた。「またＦＢＩ？」

「ＦＢＩにＣＩＡ」アニーは肩をすくめた。「みんなでわたしを取り合いしているみたい」

「まあ、そうくよくよしないで、何かいいことに目を向けましょうよ」

二人は押し黙って、明るい話題を探した。

「何か罪が実証されたわけじゃないし」やがてキャラが言った。

アニーはロッキングチェアをコンピュータのそばへ運んで座った。

「それに、これが原因で仕事を失ったわけでもないわ」キャラは細い腕を頭の上に伸ばしてあくびをすると、立ち上がって長い脚の凝りをほぐした。「それどころか、仕事は上向きよ。あなたの留守中にも山ほど電話があったし」

アニーは、キャラが留守番電話のほうへ向かうのを目で追った。電話機の横では鮮やかな赤い木製のあひるが、洗濯ばさみのくちばしにピンク色のメモの束をくわえている。

「ジェリー・ティリットから電話があったわ」キャラは言った。「南アメリカから持ち帰ったマヤの品を見てほしいんですって」

「彼と話したの？　それとも録音メッセージ？」

キャラは顔を赤らめた。「直接話したわ」

「またデートに誘われた？」アニーはにやりとした。

「ええ」

「それで……？」

「クライアントとはデートしない、でしょう？」

「ジェリーはクライアントじゃないわ。友達よ」

「クライアントでもあるわ」

「それはそうだけど、わたしがクライアントとデートしたがらないからといってあなたまでそうする必要はないのよ。彼にチャンスを与えてあげたら？」

「与えたわ」

「なんですって？」

長身のキャラは、顔にかかった髪を払い、デスクの上に座って、にっこり微笑《ほほえ》んだ。

「デートしてもいいと言ったの。ジェリーは土曜日に発掘品を持ってくるから、そのあと一緒に出かけるわ」

アニーは、こぢんまりしたオフィスをさっと見回した。実際はけっこう広い部屋なのだが、デスク二つに、コンピュータ二台、ファックス、コピー機、それにいろいろな椅子や本棚が置いてあるせいで、歩くのもやっとのありさまだ。それでもここにキャラ・マクリーシュの存在は欠かせない。「デートして、そのまま結婚なんてだめよ」

キャラはにっこりした。「一緒に映画を見るだけよ。論理的に考えて次のステップはディナー・デートね。結婚なんてありえないわ」

「わたしのほうがティリットをよく知っている」アニーはつぶやいた。「彼の気持は本物よ……」

「結婚といえば」キャラは電話メモをめくった。「ニック・ヨークから五回も電話があったわ。今月、近代美術館で催されるパーティの件で」

アニーはポニーテールをほどき、つややかな茶色の髪を下ろした。ロッキングチェアにもたれ、両足をコンピュータ・デスクの上にのせる。「やめてよ、マクリーシュ。〝結婚〟と〝ニック〟を同じ文脈に並べるなんて。ニックがわたしに求めていることは二つだけ。一つは無料の鑑定。もう一つは結婚とまったく無関係なものよ。ほかにはだれから？」

「ウェストチェスター空港の貨物係から。フランスからの荷物が土曜日に届くそうよ」

「それはありがたいわね」アニーはため息をついた。「鑑定できるのは十年後になるかもしれないけど」そして目を閉じた。「了解。土曜日に取ってくるわ。ほかには？」

「ベンジャミン・サリヴァンという男性から電話があったわ」キャラは言った。「心当たりは？」

アニーの目がぱっと開いた。「ええ、もちろん。さっき受け取った品のオーナーよ。彼はなんて？」

「留守番電話にメッセージが。アリステア・ゴールデンから電話があっても無視するようにって」キャラは笑った。「いつもやっていることなのにね。彼を無視するのは、わたしのいちばんの得意技よ」

ゴールデンはアニーの仕事上の最大のライバルだ。彼は、イギリスにある美術館〈イングリッシュ・ギャラリー〉からアメリカに入ってくる美術品や工芸品の鑑定を一手に引き受けている。

「そして案の定」キャラはくすくす笑った。「あのいたち男は電話をかけてきた。ものすごく不機嫌で、ぶつぶつ愚痴をこぼしていたわ……なんのことかはよくわからないけど。必死に無視していたから」

アニーも笑った。「不機嫌の理由は見当がつくわ。ギャラリーに行ったら、ベン・サリヴァンの荷物はもう梱包《こんぽう》されていて封がしてあったの。ゴールデンは当然自分が鑑定するものと思い込んで、梱包をすませていたのね」

「じゃあゴールデンは、あなたのために梱包をしたわけ？」キャラは大喜びで言った。

「それは愚痴を言いたくなるのも無理ないわね。コールバックを欲しがっていたけど、たっぷり四十五分間文句を聞かされたくなかったら、やめておきなさい。今度彼にでくわしたときは、まぬけな部下がメッセージを伝えそこなったと言い訳してもいいわよ」

アニーは微笑んだ。「ありがとう。それでベン・サリヴァンには電話したほうがいいのかしら？」

「今から町を出ると言っていたわ」キャラはメモにちらりと目をやった。「ねえ、教えて。どんな人なの？　どこで知り合ったの？　結婚してるの？」

「わたしの知るかぎり、独身ね」そう言って、アニーは笑みを浮かべた。「ただし、もう七十五歳なのよ。だから仲を取り持とうなんて思わないでちょうだい」

キャラはがっかりした顔になった。

「ベンは両親の古い友達なの」アニーは深く息を吸い込んだ。「最後に会ったのはたしか……十五歳くらいのときね。でも最近、両親からわたしの話を聞いたらしいの――数年前にこの鑑定所を開いたことを。それでこのデスマスクを買うことになったとき、必要な鑑定をわたしに依頼してきたのよ」

「ゴールデンのかわりに」キャラが言った。

アニーはにっこりした。「そう、ゴールデンのかわりに」体を起こして、両腕を頭の上に伸ばす。「ほかに電話は？」

キャラはうなずいた。「ええ、とびきりのメッセージを最後に残しておいたわ。留守番電話に入っているから、再生するわね」

彼女はデスクから下りて、メモをアニーに渡すと、留守番電話の再生ボタンを押した。

それは、奇妙で聞き覚えのないささやき声だった。わざと声を変えているらしい。「おまえが手に入れたマスクはこの世に属するものではない。それは〝嵐に逆らって立つ者《スタンド・アゲインスト・ザ・ストーム》〟のものだ。ただちに仲間の元へ返さなければ、邪悪な霊の怒りに遭うこととなる。黄泉《よみ》の国への扉は大きく開いている。スタンド・アゲインスト・ザ・ストームは、おまえを扉の向こうへ連れていくだろう」

そこで電話の切れる音がした。キャラはボタンを押してテープを止めた。「さて」彼女はにやりとした。「こんなメッセージを入れたのはどこの変人かしら？　それに、スタンド・アゲインスト・ザ・ストームって、いったいだれ？」

だが、アニーは笑っていなかった。小声で毒づくと、立ち上がってデスマスクの入った木箱をデスクから取り上げ、廊下へ出て研究室のほうへ向かった。あとを追うキャラの顔からも笑いは消えていた。

「どうしたの？」玄関の鍵《かぎ》を閉めるアニーを見て、キャラは言った。「いったい何ごと？」

「これは金庫に入れなければ」

「アニー、あの声はいったいだれなの？」

「どこかの変人よ」アニーはきびすを返して、家の真ん中にある、頑丈な金庫室へ向かった。前方は研究室、後方はオフィスにはさまれたあの金庫なら、絶対にだれも入り込めない。

「どこかの変人にすぎないのなら」キャラは問いつめた。「なぜあんなにあわてて鍵をかけたの？」

アニーがなんの変哲もない戸棚の扉を開けると、巨大金庫のダイヤル錠が現れた。アニーは赤いダイヤルを何度か回して、番号を入力した。「変人だろうとそうでなかろうと、安全策を講じないのは愚かだわ」キャラを見上げる。「今回のプロジェクトに関する参考資料を渡しておいたはずよ。でも、目を通すひまがなかったみたいね」

キャラは明るく肩をすくめてみせた。「正直に言うわ。ゆうべは一時間ほどひまがあったけど、十九世紀のインディアンの首長に関する資料を読むかわりに、『タイムマシーンにお願い』を見ていたの」

荷物を金庫の最上段に置くと、アニーは扉を閉め、しっかりと鍵をかけた。「ネイティヴ・アメリカンよ。インディアンではないわ」キャラの言葉を訂正する。「手短に言うと、これから鑑定しようとしている金工芸品は、おそらく、スタンド・アゲインスト・ザ・ストームという名のナバホ族のデスマスクなの。ネイティヴ・アメリカンの最も偉大な首長の一人よ。すばらしい人物で、西洋文化も正しく理解していたわ。白人指導者たちに自分たちのことを徹底的に理解してもらうよう努めたのよ」

キャラはアニーに続いてオフィスに戻った。「なぜその名前を聞いたことがないのかしら？　つまり、シッティング・ブルやジェロニモの名はだれでも知っているでしょう？　どうしてその人は無名なの？」

アニーは自分のデスクに着くと、その散らかりように顔をしかめた。二、三日留守をすると、すぐこんなに書類がたまるんだから。「シッティング・ブルやジェロニモは戦士よ。スタンド・アゲインスト・ザ・ストームは平和の人。戦士隊長たちほどには報道されなかった。でも、努力していなかったせいではないわ。実際、彼が亡くなったのは、イギリスで支援者を募っていたときのことだったの」アニーは首を振った。「彼の死はナバホ族にとって相当な痛手だったわ」

「スタンド・アゲインスト・ザ・ストームがそれほど平和的な人物なら、なぜその霊が邪悪なの？」

「ナバホ族は、人は死んだら幽霊や亡霊になると信じているの」アニーは言った。「その人が生前どんなにいい人でも関係ないわ。死んだら邪悪になって、生きている間、自分に悪事を働いた人のところへ舞い戻る。生前に善良だった人ほど、その霊は邪悪になるらしいわ。生前の反動で」

「でも、スタンド・アゲインスト・ザ・ストームはイギリスで亡くなったのでしょう？　だったら、どうしてその霊がアニーを追いかけてこられるの？」

「死はナバホ族にとって最大の凶事なの」アニーは微笑んだ。「もちろん、死を楽しみにしている文化なんてあまりないけどね。でもナバホ族は心底、死を忌み嫌っている。人が死んだ場所、死ぬ前に触れたもの、それに死んでから触れたものにも、悪霊が宿ると信じているわ。デスマスクなんて、まさに災いの元凶よね。ナバホ族は絶対にそんなものは作らない。でも当時のイギリスには、亡くなった人の顔をかたどって肖像を作る習慣があったの。おそらくスタンド・アゲインスト・ザ・ストームは有名人《セレブ》だったのではないかしら。おまけにアメリカ西部の荒野から来たネイティヴ・アメリカンとくれば、珍しがられないはずはない。それで彼が亡くなったとき、デスマスクを作ったのね」

アニーは留守番電話のほうへ目をやった。それにしても、なぜわたしがスタンド・アゲインスト・ザ・ストームのデスマスクを鑑定するとわかったのかしら。ベン・サリヴァンか、購入者のスティーヴン・マーシャルが漏らさないかぎり……。

「ねえ、アニー」キャラの不安げな茶色い目がこちらを見ている。「今、ふと思ったんだけど」長身のキャラは言った。「留守番電話に入っていたあのメッセージは要するに……殺人の脅迫よね」

「ただの変人よ」アニーは言い捨てた。「それにわたし、幽霊なんて信じないわ」

「本当は気味が悪いくせに。やっぱり……警察に連絡したほうがいいかしら?」

アニーはうめき声をあげて、デスクの上の両腕に顔を突っ伏した。「警察もＦＢＩも、もうこりごり。スタンド・アゲインスト・ザ・ストームの霊に呪《のろ》われたほうがましよ」


鳴り響く警報の音に、アニーはベッドから飛び起きて、暗闇《くらやみ》の中で目を見開いた。急に起きたせいで心臓が激しく打っている。明かりをつけてローブをつかんだ。まったくうるさいベルね！

階段を二段ずつ駆け下り、玄関の明かりをつけると、警報装置のコントロールパネルへ急いだ。

どうしよう。誤作動ではない！　一階の装置に異常があったと表示されている。研究室の窓からだれかが侵入したらしい。

通りの向こうを見ると、近所の家々が明かりをつけている。もう警察に連絡したに違いない――いつものように。アニーは部屋に駆け戻ると、ベッドサイドテーブルの引き出しを開けた。ああ、もう、どこにいったの？

引き出しを引っぱり出して、中身をベッドにぶちまけた。あった！

おもちゃの銃をつかみ、銃身にからまっていた糸をほどきながら、階段を駆け下り、研究室のドアを蹴《け》り開ける。肘で明かりのスイッチを入れると、まぶしい蛍光灯が部屋を照らした。

だれもいない――人間も、それ以外のものも。

だが、窓は破られている。

アニーは少しばかばかしくなって、プラスチック製の銃を研究室のカウンターに置くと、窓から投げ込まれた大きな石のほうへそっと歩み寄った。輪ゴムで紙が留めてある。

回転灯をつけたパトカーが二台、私道に入ってきた。アニーは玄関に行ってコントロールパネルに暗証番号を入力し、ベルを止めた。そして深呼吸して、二人の警察官のためにドアを開けた。

二人は中へ入って、壊れた窓を見た。一人がすばやく家の中を調べ、ほかの窓やドアにすべて鍵がかかっていることを確認するかたわら、もう一人は署に無線連絡を入れる。

小さな町の大事件。アニーはため息をつくと、キッチンへ行ってコーヒーをいれた。長い夜になりそうな予感がする。

ピートは飛び起きて、一度のコールで電話に出た。

「もしもし」光る時計の数字を見る。三時四十七分。片手で顔をなでた。「よほどの用件なんだろうな」

「スコットだ。話せるか？」ホイットリー・スコットが抑揚のないニュージャージーなまりで尋ねた。

「ああ、起きている」体を起こして明かりをつけた。

「いや、つまり……今、一人か？」

「ああ、一人だ」ピートは目をこすった。「ぼくのファイルを調べれば、去年の三月からだれとも深い関係を持っていないとわかるはずだ」

「ファイルはもう調べた」スコットはあっさりと言った。「おまえは女たらしと評判らしいな」

ピートは黙ったまま、ニューヨーク市の新しい行政補佐官のことを考えた。キャロリンとかいったな。茶色い巻き毛に、とびきり長い脚。目にはぼくへの関心がありありと浮かんでいた。一糸まとわぬ姿のぼくへの関心が。ゆうべ、飲みに行こうと誘われた。同意していたら、きっと今ごろ彼女はこの横に寝ていたはずだ。

だが、断った。

なぜ？　たしかにこちらも、まったく同じような目で彼女を見ていたのだが、でももう、野心を抱いて高い地位を目指す女性たちの一時的な関心の的になることにはうんざりしてしまった。

　そう上背があるわけではないが、この黒髪と焦茶色の目のおかげで、陰りのあるハンサムという役割が自分にはすっかり身についている。

　長い間、この容貌《ようぼう》を利用してきたが、最近はそれにも嫌悪を覚える。以前は一、二カ月続いていた女性との関係も、どんどん短くなっていた。

　ここ数カ月間で一度ならずとも、局を辞めることが頭をよぎった。四十歳の誕生日が近づくにつれ、いっそう人生のむなしさが身にしみる。

いったいぼくは何を求めているのだろう。真の愛を信じるにはあまりにも疲れてしまった……。

「おい、聞いているのか？」スコットがきいた。

「ああ」

「アン・モローに近づく方法を見つけたぞ」スコットは言った。「彼女が自ら差し出したようなものさ」

　ピートはスコットの説明に聞き入った。うまくいく。これなら必ずうまくいく。

電話を切って明かりを消すと、暗い天井を見つめ、セクシャルともいえるほどの期待に胸をふくらませた。突然浮かんだ記憶の中に、黒いレースをまとった白い肌が見える。そして二つの大きな青い目……。

「そのメモにはなんて？」キャラが甲高い声をあげた。

「ばかばかしいことよ」アニーは散らかったデスクを片づけながら言った。「警察が深刻になるようなこととは思えないわ」

「わざわざ石にメッセージをつけて窓から投げ込んだのだから、深刻にとられてもしかたがないわ」

「でも、FBIに知らせるようなこと？　捜査官たちは本当にあっという間に来たのよ。もしかしたら、窓から石を投げ込んだのは彼らのしわざなのではないかしら。彼らならやりかねないわ」

「〝死を覚悟しろ〟と書いた手紙をつけて？　とてもそうは思えないわ、アニー」

「でも、たとえどんな過激派グループであろうと、ネイティヴ・アメリカンがこんな卑劣な脅迫に訴えるとは思えない」アニーは椅子の背にもたれた。いつもの澄んだ青い瞳が疲労で陰っている。「FBIのくずたちにあれこれかぎ回られるのは、もううんざり。わたしに二十四時間体制の保護をつけようとしたの。監視するということよ。だから、自分の身くらい自分で守れますって言ってあげたわ」

「でも、最有力容疑者がスタンド・アゲインスト・ザ・ストームの幽霊だとは言わなかったんでしょう？　警察よりも、〝ゴーストバスターズ〟に連絡するべきだったかもしれないわよ」キャラは映画のテーマ曲の有名なホーンのリフを口ずさんだ。

アニーは笑い、デスクの上を探って、とがっていない鉛筆を投げつけた。

すばやく鉛筆をよけて、キャラはにっこりした。「そうよ、幽霊を疑うくらいだったら、ナバホの魔法使いだっているじゃない」

やれやれとアニーは目を閉じた。「ようやく参考資料を読んだみたいね」

「すごくおもしろかったわ。とくに気に入ったのは魔法使いの話。ナバホ族は、昼間は普通に見える人の中に、本物の魔法使いがまぎれていると信じているのね。普通の魔法使いは呪文《じゅもん》を唱えたり、騒ぎを引き起こすだけだったけど、ナバホの魔法使いは、夜、自分の姿を巨大な狼《おおかみ》に変えて、田舎をうろつくことができるんですって。おもしろいわね」

「夜うろつくおばけの話はたいていの文化にあるわ。狼人間なんて、ちっとも珍しくないじゃない」

「それはそうだけど、この狼人間は、近所の人や親戚《しんせき》かもしれないのよ」キャラは言った。

「魔法使いになるきっかけは、他人の富や幸運へのねたみ――そうだわ、それよ」彼女はにっこりした。「ＦＢＩに調査を打ち切らせて。犯人がわかったわ。アリステア・ゴールデンはこの魔法使いの一人に違いない。あなたに仕事を横取りされたものだから、恐ろしい悪運を呼ぶ魔法をかけたのよ。でも、彼は狼男というよりも、どう見てもいたち男だわ」

「あなたの推理には大きな欠陥があるわ。ゴールデンはナバホ族ではない」

「たしかに」キャラは目を細め、ほとんど灰色に青ざめた友の顔を見つめた。「窓の修理はあと一時間かそこらはかかりそうよ。上でちょっとやすんできたら？　その間はわたしにまかせて」

電話が鳴った。

「きっとダラスからよ」アニーが言った。「さっきベン・サリヴァンに電話したんだけど、トルコに発掘に行ってしまって、しばらく連絡が取れないんですって。だからデスマスクのことは購入者のスティーヴン・マーシャルに相談するしかない」

キャラは電話を取った。「モロー博士鑑定所。こちらはマクリーシュです」相手の名を聞いたキャラの眉が前髪の下に隠れた。「少々お待ちください」彼女は片手で送話口を押さえながら受話器をアニーに渡した。「あなたったら透視力も身につけたの？　スティーヴン・マーシャルよ。ダラスから」

アニーは弱々しく微笑んで電話に出た。「もしもし？」

「モロー博士」母音を伸ばすテキサスなまりが聞こえる。「電話をくれたそうだね。秘書から聞いたよ」

「ええ、ミスター・マーシャル。さっそくのご連絡をありがとうございます。実はちょっと困ったことが起こったんです」

アニーは脅迫電話のこと、続いて窓から投げ込まれた手紙のことを手短に説明した。

「深刻な危険があるとは思っていませんが、お知らせしておいたほうがいいと考えまして。そのうえで、もし、より防犯設備の整った施設での鑑定をご希望されるようなら、変更していただいてもかまいません」

しばしの沈黙があった。それからマーシャルは言った。「しかし……きみほどの実力を持つものはいまい。そうだろう、ダーリン？」

「ええ、そう自負しています」

「きみの身のほうが心配だよ。怖くはないかい？　この仕事を降りたいのではないかね？」

「いいえ、ちっとも。ただわたしどもの施設では、この品の保護に必要な安全水準を満たせないと思ったものですから」アニーは説明した。

「なんだ、それなら話は簡単だ」マーシャルは大金持ちらしく気軽に言った。「わたしにまかせなさい。今日の午後、そちらに男を送ろう。デスマスクの安全はそいつが請け負う。きみのボディガードもね」

それだけは勘弁してほしい。力こぶ男に常につきまとわれるのは。アニーは深呼吸して気持を落ち着けた。「ミスター・マーシャル、そこまでしていただく必要は――」

「いや、いや、ダーリン。そうさせておくれ」

「でも、鑑定完了予定日は十二月中旬の契約です。それまで二カ月以上もの間――」

「長期滞在になりそうだと、そいつに言っておく」

「でも――」

「もう仕事に戻らねば」マーシャルは言った。「話ができて楽しかったよ、ダーリン。じゃあまたな」

「ちょっと――」

電話は切れた。

「でもわたし、ボディガードなんて欲しくないんです！」アニーは切れた電話に向かって叫んだ。

「なんですって？」キャラが尋ねた。

アニーは呪いの言葉をつぶやきながら、電話を切った。「ちょっと昼寝をしてくるわ」言いながら、ゆっくりとドアに向かった。「目覚めたときにはこの悪夢も終わっているかもしれないわね」

「ボディガードって言わなかった？」キャラの声が追いかけてくる。

アニーは返事をしなかった。

キャラの顔に大きな笑みが広がった。ボディガードですって。アニーに。どうやらおもしろいことになりそうだわ。

3

アニーは思いきり体を伸ばし、一日をベッドで過ごした幸せの余韻を味わった。なんというぜいたく。研究室には仕事が山積みになっているというのに。

でも、あのまま仕事にかかったところで、たいしてはかどりはしなかっただろう。疲労のあまり集中力も鈍り、結局全部やり直すはめになったかもしれない。ぐっすり眠ったおかげで、だいぶ気分もよくなった。それに、おなかもすいた。ぺこぺこだ。

上掛けを払いのけると、バスルームに行って、シャワーを浴びるかわりに顔だけ洗った。かまうものですか。キャラはあと一時間くらいで帰る。パジャマのまま検査したところで、工芸品は気にしないわ。もつれた髪をブラシでとき、顔にモイスチャークリームをつける。

ふと、窓から見える空が暗いことに気づいた。思ったより遅いに違いない。

裸足《はだし》のまま階段を下りながら、大声で呼んだ。「マクリーシュ、まだいるの?」

「いや、彼女は帰った」

アニーはすくんだ。玄関の暗がりに見知らぬ男が立っている。どうやって入り込んだの？　ここで何をしているの？　恐怖でアドレナリンが噴き出して全身を駆けめぐり、鼓動が速くなる。

　男はアニーをおびえさせたことに気づいたのか、明るいほうへ踏み出し、あわてて言った。「スティーヴン・マーシャルに頼まれてきた」太いバリトンの声には、わずかに間延びするミシシッピ西部のカウボーイなまりがある。「ピート・テイラー。セキュリティ・スペシャリストだ。きみのアシスタントに中に入れてもらったのだが、彼女はきみを起こしたくなかったようで……」

　身長は百八十センチ足らず、長距離ランナーのように細く強靭《きょうじん》な体つき。黒髪は軍人のように短く刈り込んである。エキゾチックなハンサムだ。角張った広い頬骨が、焦茶色の目を際立たせている。虹彩《こうさい》と瞳孔《どうこう》の境目もわからないほど濃い茶色の目。微笑《ほほえ》んでいなくても唇の形は完璧《かんぺき》だ。やたらに微笑むような人ではないことがなんとなくわかる。

　ピートが札入れを取り出し、ビニールポケットに入った身分証明書を示してアニーに差し出した。

　震えの治まらぬ手で、なめらかな革の札入れを受け取ったとき、彼の焦茶色の目が楽しそうにきらめくのが見えた。わたしを怖がらせたことをおもしろがっているんだわ。なんて人なの。

　アニーは階段に座って身分証明書を見た。ピート・テイラー。三十八歳。私立探偵およびセキュリティ・スペシャリストのライセンス。住所はニューヨーク市、グリニッジヴィレッジの高級住宅地。身分証明書の反対側は、ニューヨーク州の運転免許証だ。ビニールポケットをめくると、ピート・テイラー名義のアメリカン・エキスプレスのゴールドカードがあり、一九八〇年以来の会員とある。それにマスターカード、ビザカード、シアーズのクレジットカード。財布の仕切りには五百ドルを超す現金と、彼の名刺が何枚か入っている。

札入れを返すとき、二人の目が合った。ピートの厳しい顔を、またもやかすかなユーモアがよぎった。

「合格かな?」ピートがツイードのジャケットの左ポケットに札入れを押し込んだとき、ショルダー・ホルスターに入った拳銃《けんじゅう》がちらりと見えた。

アニーはうなずいた。「とりあえずはね」どうにかこうにか礼儀正しいていねいな口調を保つ。「でも、あなたにはここにいてほしくないの。あなたの存在は負担になるだけだと、明日マーシャルに話します。だから荷ほどきの必要はないわ。朝には出ていってもらうのだから」

「今日の午後ミスター・マーシャルと話したとき、何があってもとどまるようにと言われた」ピートは言った。「きみの身を案じているらしい。すぐに気を変えるとは思えないね」

アニーはピートを見つめた。少し脚を開き、胸の前で腕を組んでタイルの床に立ちはだかっている。太腿の筋肉をぴったりと包むジーンズ。ベルトの大きな銀製のバックルは、明らかにナバホ族に由来するものだ。はっきりとは見えないが、右手にはめている銀の指輪もナバホのものらしい。首飾りはシャツの中に入っている。賭《か》けてもいい。この人には少なくとも半分、ネイティヴ・アメリカンの血が流れている。おそらくナバホ族の血が。

「どこで育ったの？」アニーは尋ねた。

突然話題を変えられて、ピートは目をまたたいた。「コロラドだ。おもにね」

ピートの肩がかすかにこわばった。たぶん本人も気づかないほどかすかに。だが、アニーは見逃さなかった。質問の何かが彼を身構えさせ、警戒させたのだ。

アニーは即座に興味を引かれた。彼がとてもハンサムだからというわけではない。そう自分を納得させようとした。惹《ひ》かれるのは——惹かれているのは間違いないけれど——外見よりもむしろ、隠れた警戒心だ。ミステリーのにおいがする。ピートには何か身構える理由、少なくとも警戒しなければならないことがあるに違いない。それはいったい何？

「乗馬はするんでしょう、テイラー？」アニーは小首をかしげてピートを見た。なんとかして謎《なぞ》を解きたい。彼の反応から別のヒントを得られないかしら。

ピートは観察されていることに気づいた。相手はまるで工芸品を見るように、こちらのことを隅々まで記憶し、欠点や弱みを探ろうとしている。

彼女は髪を肩に下ろし、横分けにして後ろに流していた。それが光を受けて輝いている。

大きすぎる男物のパジャマを着て、袖口《そでぐち》とズボンの裾《すそ》をまくり上げている。化粧はしていない。女性は化粧をしていないと弱々しく見えるものだが、彼女はきりっとしていきいきしていた。

「ああ」ピートはやっと言った。

「馬かオートバイ、どちらかだと思ったの。銃を持ち歩くのって、妙な気がしない？」

「いいや」

「デスマスクのことはどのくらい知っているの？」

「あまり知らない」アニーはまるで何かのインタビューのように質問を連発する。黙って従っておこう。信用を得るチャンスかもしれない。大丈夫。知られたくないことは話さなければよいのだ。

「鑑定については？」

「同じく」

「十九世紀のナバホ族の首長、スタンド・アゲインスト・ザ・ストームのことは？」

「今朝ミスター・マーシャルから送られたファックスに書いてあったことだけだ」

アニーは考え込むようにピートを見つめた。「学校はどこ？」

ピートは重心を移動させた。たいていの人は自分の無知を認めたがらないのに、ピートは、デスマスクについても鑑定についてもほとんど知らないと、なんのためらいもなく口にした。それなのに自分の素性に関する質問には落ち着きをなくす。これはどういうことかしら？

「ニューヨーク大学」ピートは言った。ＣＩＡが創作した経歴では、ピート・テイラーは一九七三年から一九七七年にかけてニューヨーク大学に在籍したことになっている。実際は一九八〇年までニューヨークには足を踏み入れたこともない。もっとも、これまでさまざまな任務で何度もピート・テイラーを演じたおかげで、架空の授業の記憶さえもあるような気がするが……。

「わたしがＦＢＩとＣＩＡに調査されていることは知っている？」アニーの青い目はずっとピートに注がれていた。

真っ向からの質問に不意をつかれ、ピートは一瞬うろたえて、目をそらしてしまった。

「あの人たちは、わたしが国際的な美術品窃盗団に関《かか》わっていると疑っているの」

ピートが目を上げると、アニーの唇が小さく微笑んでいるのが見えた。「きみが？」

すばやく立ち直ったわね、とアニーは思った。調査のことは知っていたはずよ。ニューヨーク市から来る前に、わたしの経歴を洗いざらい調べ上げたに違いないわ。でも、驚くには値しない。優秀な人物でなければ、マーシャルが雇うはずはないもの。

「おなかはすいていない？」アニーはピートの質問を無視し、立ち上がって頭の上に腕を伸ばした。「わたし、一日中何も食べていないの。今すぐ何か食べないと死んでしまうわ」

ピートは、自分の目がパジャマの間からのぞいたすきまに吸い寄せられるのがわかった。ぶかぶかのズボンが細い腰に浅くかかっている。「ありがたいが、ぼくはもう食べた。それに、ミスター・マーシャルから必要経費をもらっている。きみに金の負担をかけるのはフェアではない。ここにいるだけで迷惑なようだし」

「個人的な恨みはないのよ」アニーは階段を上ってキッチンに向かった。

「わかっている」ピートも続いた。

アニーはキッチンの明かりをつけ、冷蔵庫を開いた。野菜保存室からりんごを取り出し、シンクでさっと洗い、タオルでふいた。

小さなキッチンには、一方にテーブル、もう一方にシンク、こんろ、冷蔵庫、食器洗浄機を備えたカウンターがやっと納まっている。インテリアは黒と白に統一され、タイルの床を見たピートはチェスボードを連想した。

「この建物を全部調べておきたい」りんごをかじるアニーを見つめながら、ピートは言った。「きみが眠っている間に、一階と地下室は調べた。金庫の場所は申し分ない。よほど大きな爆弾でも使わないかぎり、あれは吹き飛ばせないだろう。でも、全体的なセキュリティは……」言葉を切って首を振る。

「三流ってところ?」アニーが引き継いだ。カウンターにもたれ、足首と腕を組み、りんごをかじりながらピートを見つめる。

「そのとおり。プロだったら、警報装置に触れずに、わけなく侵入できる。『コンシューマー・リポート』誌を読まないのか？　この装置は誤作動が多いと有名だ。まったく当てにならない。簡単に回避できるし、突然鳴りだすこともあるんだ」

アニーはりんごを芯《しん》しかなくなるまでかじると、唇をなめて顔を上げた。「気づいていたわ」シンク下の戸棚を開いて、芯を生ごみの容器に放《ほう》り込み、手を洗った。

ピートの表情がかすかに変わった。といっても、普通の人なら見逃しているだろう。濃い眉がぴくりと動いただけなのだから。だがアニーは職業柄、細部にまで注意を払うくせが身についている。ピートは無表情を保っているだけに、眉の動きは目立った。「何？」アニーは尋ねた。

ピートは目をしばたたいた。「え？」

「気になることがあるんでしょう？」

アニーとの距離はほんの一メートルくらい。ピートはその自然な香りを吸い込んだ。甘く、温かな香り。ベビーシャンプーのほのかな香りと、スキンローションの豊かな香りに、りんごの酸味がほどよく加わっている。厚いフランネルのゆったりしたパジャマを着ていても、その下の柔らかく、女性らしい体ははっきりとわかる。いきなり激しい欲望に襲われ、ピートはおなかの筋肉を引きしめた。なんてことだ。ＣＩＡ中が泥棒と信じている女性に……。

「それだけで食事は終わりなのかと思って」ピートは平然と言った。わき上がる欲望を、意志の力で押しとどめる。「ひどく空腹だと言っていたわりには、あまり食べないんだな。もっと食べたほうがいい」

アニーは白い歯を輝かせて笑った。「傑作ね。栄養アドバイスもしてくれるボディガードなんて」

ピートが微笑んだ。実際には口の両端がちょっと上がっただけなのだが、彼にはこれが微笑みなのだろう。もしにっこり笑ったら、たいへんなハンサムになりそうだわ。今よりずっと……。

「すまない」ピートが言った。「でも、きみにきかれたものだから」

「そうだったわね」アニーは踊り場に向かった。「さあ、仕事にかからなければ」

「よかったら、上の階も見せてもらえないか?」

アニーは首を振った。「テイラー、悪いけど、スケジュールがもう二日分も遅れているの。率直に言うと、案内してもしかたがないのよ。明日マーシャルに話をつけたら、あなたは次の電車で町へ帰るんですもの」

「車で来たんだ」ピートは無表情で言った。

「もののたとえよ」

「きみの協力なしでは、任務の遂行が難しい」

アニーは研究室への階段を下り始めた。「うちの電話から、自宅の留守番電話を聞いたら?」同情を含まないでもない口調で言った。「別の仕事が入っているかもしれないわよ。お望みどおりの協力を得られる仕事がね」

アニーは午前二時半を少し回るまで研究室にいた。仕事はほぼ完了し、あとは南西部の考古学発掘現場で見つかった、古代スペイン人征服者のものと思われる銅器に関する一連の純度検査を残すのみだった。この検査をするには、もう二時間かかる。このうえまだピート・テイラーの揺るがぬ視線にさらされ続けるのかと思うと、それだけでうんざりだ。それに、検査を終えたとしても、放射性炭素年代測定に出したサンプル結果が返ってくるまで確証は得られないのだし、もうやめておこう。

装置の電源を切り、銅器を金庫にしまって振り返ると、ピートはまだこちらを見つめていた。ドアのそばの椅子に座り、深夜だというのに疲れた様子もない。

まったくいらいらさせてくれるわね。

さっさと前を通りすぎ、部屋を出て階段を上ろうと思っていたのに、良心がアニーの足を止めさせた。

「階上《うえ》に予備のベッドルームがあるわ」

ところがピートは首を振った。「だめだ」

「あら。ここのほうがいいのかしら。金庫に近いし――」

「金庫は安全だ」ピートは流れるように優雅な動作で椅子から立ち上がった。「クレーンでもなければ動かせないし、大量のダイナマイトを使わないと侵入できない。ぼくが眠るとしたら、きみのベッドルームだ」

アニーは仰天してピートを見つめた。わたしのベッドルームですって？　でも、淡々と事実を語るような口調に、セクシャルな含みはまったくない。自分の肉体的魅力に気づいていないのか、それとも相当自信があるのか、いずれにしろ、どんな女性でも喜んで彼とベッドをともにすると信じきっているのだ。「それは困るわ」

ピートはまるで彼女の心を読み取ったかのように片方の眉を上げた。「いや、床でいいんだ」

アニーはなんとか赤くならないよう努めた。「ゲストルームのほうがゆっくり過ごせるわよ」

「だが、きみの身は危うくなる。警報装置はほとんど役に立たないし――」

「わたしは大丈夫よ」彼女は突っぱねた。

ピートは胸の前で頑固に腕を組み、階段を上ろうとするアニーの行く手をふさいでいる。

「頼むから、ぼくに仕事をさせてくれ」

「もちろんよ。ご自由にどうぞ。ただし今夜はゲストルームでね」

ピートが動こうとしないので、アニーは彼を押しのけ、階段へ向かいかけた。

そのアニーの腕をピートがつかんで引き止めた。長く力強い指がアニーの手首をやすやすと包み込んでしまう。手のぬくもりがフランネルのパジャマを通して伝わってきた。

「ぼくはきみを守る」ピートは言った。無表情を保っているが、その目は強烈な光を放っている。

あまりにも近くに引き寄せられ、アニーは首をそらしてようやく彼の顔を見上げた。

「そうかもしれないわね」不覚にも声がかすかに震えてしまった。「でも、だれがあなたからわたしを守ってくれるのかしら?」

ピートは即座に手を放した。

「わたし、あなたのことをぜんぜん知らないのよ」アニーはあとずさりしてピートから離れ、腕をさすった。「もしかしたら、あなたはわたしを脅迫している犯人かもしれないわ。本物のピート・テイラーを殺してここにいるのかもしれない」

「身分証明書や運転免許証の写真を見ただろう?」

「そんなもの簡単に偽造できると、だれでも知っている——」

アニーは言葉をのんだ。ピートの首飾りに目を奪われたのだ。銀のビーズを首にかけているのはわかっていたが、今初めて、その全貌《ぜんぼう》が見えた。コイン・シルバー製の中空の小さなビーズをつなげ、その下半分にはスクワッシュの花飾りが左右に五対と、先端にはナジャと呼ばれる馬蹄《ばてい》型のペンダントが下がっている。ナバホ族のものに間違いない。

動揺しながらも、アニーは近寄ってナジャを手に取った。「きれいね」ちらっとピートを見上げ、さらにじっくりペンダントを観察した。ナジャの両端に二つの小さな手の装飾がある。「ナバホのものね。古いんでしょう?」

怒りも困惑もあっさりと忘れ、アニーは銀細工を手に取って入念に調べ始めた。心底興味深そうに首飾りを見つめる目が興奮に輝いている。

ピートが笑いだした。アニーはびっくりして顔を上げた。低く太い笑い声には、彼の顔を一変させる微笑が伴っていた。思ったとおり。顔を和らげたピートは、途方もなくハンサムだった。

「そう」ピートは答えた。「ナバホのものだ」

「ベルトのバックルもナバホのものね。それに指輪もそうみたい……」

ピートは、中指にはめている銀とターコイズの太い指輪をちらりと見た。

「見てもいい?」アニーはペンダントを離し、ピートの手を取った。指にはまった銀の指輪に顔を近づけ、繊細な装飾に目を凝らす。「首飾りほど古くはないわね。でも、美しいわ」

熱を帯びたピートの指には、アニーの細い指がひんやりと心地よかった。短く切られてはいるが、手入れの行き届いた爪。アクセサリーのない手。

「きみはヨーロッパの金属工芸品が専門だと思ったが、どうしてそんなにネイティヴ・アメリカンのアクセサリーに詳しいんだ？」

アニーはピートの手を返して、指輪の反対側を見た。「子供のころ、ユタとアリゾナの発掘現場で六年間過ごし、コロラドにも一年いたの。今まで暮らした場所でいちばん好きなのがアメリカ南西部。カレッジに進むときも、ネイティヴ・アメリカンの考古学を専攻しようと思ったくらいよ」

「なぜ、そうしなかった？」

「一言では言えないわ」アニーは言った。「いろいろな理由があったのよ」再び指輪に目を落とす。ピートの手はとても大きく、アニーの両手をすっぽりと包み込んでしまえそうだ。てのひらにはたこがあり、二本の指の関節にはすり傷の跡がある。こぶしで壁を殴りつけでもしたのかしら。あるいは人を？

職業を考えると、人を殴った可能性が高い。

ピートは手を引っ込めようともせず、こちらを見下ろしている。目が合ったとき、一瞬彼の目の奥に熱い欲望がよぎるのが見えた。とたんに炎で体を切り裂かれたような気がして、アニーは手を放し、さっきピートが急いで手を放したことを思い出してぞくりとした。彼もわたしの目の中に何かを見たのかしら。わたしの目には彼に惹かれていることがありありと見えているのだろうか？

目をそらし、一歩あとずさりすると、彼女はもう一度階段へと向かった。「おやすみなさい」息切れしたような奇妙な声で言った。

ところがピートは、二階へ上がろうとするアニーの先を歩いていた。「少なくとも、きみの部屋だけは調べさせてもらう。すべての窓に鍵《かぎ》がかかっているかどうか——」

「自分でできるわ」アニーは逆らった。

「わかっている」ピートはベッドルームに入った。「でも、自分の目で確かめたいんだ」

ベッドは昼寝から覚めたときのままだった。ピートは、青と緑の鮮やかな柄のシーツをちらりと見て、広い部屋の奥にある出窓のほうに向かった。

カーテンを開けながら、窓を一つ一つていねいに見て回り、鍵や警報装置の作動状況は大丈夫かを確認していく。

アニーは部屋の真ん中に立って、腕組みをしながら、ピートの広く力強い背中を見つめていた。堅実そうな黒い短髪に、ジーンズとツイードのジャケットといういでたちは似合わないはずなのに、不思議とちぐはぐには見えない。仕立てのよいジャケットは、広い肩にぴったりと合っている。ジーンズはほどよいゆとりを持ちながらも、長くたくましい脚を存分にひけらかしている。そして脚の上には……。

アニーは、テイラーのお尻に釘《くぎ》づけになりそうな視線をやっとそらした。とびきりだわ。微笑みながら、また彼に視線を戻す。髪は短くとも、テイラーだったら美男カレンダーに登場してもまったく問題はない……。

「何がおかしい?」最後のカーテンを閉め直し、ピートがこちらに向かってきた。

「何も」アニーはあとずさりしながら言った。

「どうだい。今夜ここで寝かせてもらえれば、ずっと安心なんだが」ピートはしばしためらってから付け加えた。「ぼくの気配も感じさせないようにするから」

そんなこと、無理に決まっているわ。アニーは思った。サハラ砂漠に大雪が降ることを期待するようなものよ。なんとかしてこのばかげた展開に歯止めをかけなくては。

「だめよ。本当に身の危険を感じていれば別かもしれないけど。でも、そうは思えないもの」

アニーはピートをドアへと促した。ピートは躊躇《ちゅうちょ》したが、観念して部屋を出た。

「予備の部屋を自由に使ってちょうだい」アニーは言った。「廊下の向かいよ。ベッドメーキングもすませてあるわ」

ピートは何も言わない。ただ無表情でアニーを見つめている。

「また明日」アニーはとうとうドアを閉め、鍵をかけてしまった。

彼は廊下に立ったまま、アニーがやすむ用意をする音を聞いていた。バスルームでしばらく水が流れたあと、トイレを流す音がして、ようやく電気スタンドを消す音がした。

それでもまだピートはそこに立っていた。じっと耳を澄ませて待った。

4

アニーは時計が鳴るよりも早く、九時に目覚めた。土曜日の朝だというのに、研究室では仕事が待っている。それに今日は、ジェリー・ティリットが南アメリカの新しい発掘品を持ってくる日だったのでは？　ということは、週末でもキャラは階下《した》に来ているわね。空港にも荷物を取りに行かないと……。

アニーは軽く目を閉じた。やれやれ。六時間も眠れば充分なはずなのに。といっても実際は五時間しか眠っていない。昨夜はなかなか寝つかれなかった。考えていたのは……仕事のこと。そう、スケジュールがあまりにも遅れていて、ほかのどんなことも、だれのことも考えているひまなどない。

なのに、なぜピート・テイラーの焦茶色の目が夢の中に入り込んできたの？

きっと彼の存在が腹立たしいからよ、とアニーは決めつけた。テキサスに朝日が昇ったらすぐ、スティーヴン・マーシャルに電話して、ボディガードの問題にきっぱりとけりをつけなくては。

アニーはベッドを出ると、面倒くさそうにパジャマのシャツを頭から脱ぎ、顔にかかった髪を払いのけ、バスルームに向かった。

信じられない。床でピートが眠っている。

アニーはあわててフランネルのシャツを両腕の下にはさみ、体を隠した。

ピートは幅のせまい寝袋らしきものの上で毛布をかぶり、ぐっすりと眠っている。ジャケットとシャツを脱ぎ、眠っていても、日焼けした肌の下で腕と肩の固い筋肉が盛り上がっている。眠っているピートの顔はなんだか若く穏やかで、厳しい自制心もゆるんでいるようだ。長く濃いまつげがなめらかな頬にかかるさまに、アニーはうっとりと見ほれた。

たしかにすてきな人だわ。

でも、彼はもうすぐ出ていくのよ。アニーは自分に釘《くぎ》を刺した。なのにわたしったら、なぜ彼のまつげに見とれているの？　もっと腹を立ててもいいはずよ。眠っている間に勝手に人の部屋に入るなんて。

アニーはつま先を伸ばして、ピートをつついた。

一瞬のできごとだった。今まで立っていたのに、次の瞬間、アニーは床に仰向けに転がされていた。ピート・テイラーの重い体にのしかかられ、その腕に喉を締めつけられて息もできない。

最初は本能的に戦おうとした。だが、完全に動きを封じられ、もがくのがやっとだった。

ピートは荒い息を吐き、アニーと戦う態勢に入るかのように、彼女の首から腕を離した。

アニーがようやく息を吸い込むと、ピートは彼女をじっと見下ろした。

「二度とするな」

「わたしが何をしたというの？　あなたを起こしただけじゃない。悪いのは、ここで寝ているあなたのほうよ。入ってこないでと念を押したのに」

アニーはピートをにらみつけ、逃れようと精いっぱい彼の体を押した。

ピートはシャツを脱いでいたが、首飾りははずしていなかった。今、それは二人の間にぶら下がっている。ペンダントが触れているのは、アニーの首と肩と……。

たいへん。パジャマを落としてしまったんだわ。

一瞬、ピートの目が揺れ、彼も同時にそのことに気づいたのがわかった。ピートの裸の胸がわたしの胸に重なっている。肌と肌が、固い胸と柔らかい胸とが触れ合っている。

二人とも凍りついた。

肌越しにピートの鼓動を感じる。それともわたしの鼓動？　いずれにせよ、鼓動はだんだん速くなっていく。

「どいてちょうだい」アニーはささやいた。

ピートは静かに体を起こし、アニーから離れた。ああ、なんて美しいんだ。パジャマをつかんで頭からかぶるアニーを見つめながら、ピートは思った。柔らかく豊かな胸。濃いピンク色の乳首は、硬くとがっている。

彼は寝袋に座り、壁に寄りかかった。ジーンズをはいていて本当によかった。さもなくば、どんなに激しくアニーを求めているか、わかってしまっただろう。くそっ、朝からなんてことだ。

「シャワーを浴びてくるわ」アニーは頬をほんのりピンク色に染めている。「あなたさえよければ」

「どうぞ」ピートは言った。

「まずバスルームを点検しようとは思わないの?」アニーは立ち上がって両手を腰に当て、彼を見下ろした。「もしかしたら、トイレのタンクの中に悪者が隠れているかもしれないわよ」

ピートは優雅に立ち上がり、アニーの横を通りすぎてバスルームに入った。

「冗談よ」アニーはあとを追いながら、小刻みに揺れるピートの背中の筋肉を見つめまいとした。

バスルームのインテリアは海緑色《シーグリーン》と青で統一されている。片側に鉤爪《かぎづめ》足のバスタブがあり、もう片側には大きなシャワー室がある。シンクの大理石のカウンターには、アニーの化粧品やローションや石鹸《せっけん》やシャンプーなどが散らばっている。

部屋には曇りガラスをはめ込んだ小さな窓がある。ピートはそれを見上げ、鍵《かぎ》を確かめた。大丈夫だ。

シャワー室のドアを開け、中を見る。

「もう、いいかげんにして」アニーはひやかした。「窓は閉まっていたのよ。どうやって

シャワー室に入れるというの？」

彼は動じずにアニーを見た。「ゆうべきみのベッドルームのドアには鍵がかかっていた。

でも、ぼくは入ることができた。ぼくにできるなら、ほかのだれかにもできるかもしれな

いとは思わないか？」

アニーは彼を見つめた。いいえ、そんなこと、考えもしなかった……。

ピートはベッドルームへ戻った。アニーはバスルームのドアまであとを追い、彼が毛布

と寝袋をたたむのを見つめた。「それなら、わざわざ鍵をかける意味なんてないじゃない」

彼は寝袋をひもで縛り上げた。「ドアや窓に鍵をかければ、たいていの人間は入れない」

立ち上がり、広い胸の前で腕を組む。「それでも入ろうとする人間がいたら……そのとき

のためにぼくがいる」

「お上手ね」アニーは言った。「名刺に書き込んでおくといいわ。申し分のないたくまし

さと、ちょっとしたヒーロー精神。きっと売れるわよ。残念ながら、わたしは興味ないけ

ど」

アニーはバスルームに戻ったが、わざわざ鍵をかけたりしなかった。

やかんのお湯が沸くのと同時に、ピートがキッチンに入ってきた。シャワーのあとで、髪はまだ濡《ぬ》れているが、筋肉質の胸にぴったり張りついたシンプルな黒いタートルネックをジーンズにきちんとたくしこんでいる。

アニーは湯気の立ったお湯をティーバッグの入ったマグカップに注いだ。「朝食にごちそうできるようなものがあまりないの」申し訳なさそうに言った。

「ぼくの食費はミスター・マーシャルの経費から出すと言ったはずだ」ピートはキッチンテーブルに着いた。「でも差しつかえなければ、きみの冷蔵庫に食料を貯蔵させてもらいたいのだが？」

アニーは両手でマグカップを包み込み、カウンターに寄りかかった。「理屈としてはかまわないわ。でも、忘れたの？　今日これからマーシャルに話をつけたら、あなたは出ていくのよ」

「残念ながら、きみは間違っている」ピートは少しもあわてずに言った。「ミスター・マーシャルは悪評に対してとても神経質になっているんだ。彼がダラスで組織的犯罪の嫌疑をかけられていることは知っているか？」

「スティーヴン・マーシャルが？」

ピートはうなずいた。「電話したければ、するがいい。でも彼は、ぼくを引き揚げようとはしないはずだ。もしもきみの身に何か起これば、最悪の評判になるだろうからね」

「でも、わたしはどうなるの？」アニーはマグカップをカウンターに置いた。前髪は『不思議の国のアリス』風のヘアバンドで上げてある。ジーンズの上に真っ白いトレーナーを着ており、履いているのは黒の編み上げブーツだ。アニーはピートの向かいに座った。

「わたしはボディガードなんていらないわ。あなたが嫌いなわけではないけど……一人でいたいの」

「きみの邪魔はしないようにする。ぼくの気配さえ感じさせない」

「ええ、そうでしょうとも。そのことはさっきよくわかったわ。とくにあなたがわたしを床に押さえ込んだときにね」アニーは言った。「この先何が起こるか見物だわ。キック・ボクシングかしらね？」

アニーが部屋を去っても、ピートはふてぶてしくも顔色一つ変えなかった。

なんとしてもスティーヴン・マーシャルと話さなくてはならないわ。

アニーが呪《のろ》いの言葉とともに電話を切ると、キャラが顔を上げた。

「〝自分の面倒くらい自分でみられます〟って何度繰り返しても、スティーヴンおじさんは聞いてくれなかったみたいね」キャラは冷たく言った。

「なんてわからず屋なのかしら！」

「もっと悪いことになっていたかもしれないわよ」

「まあ」アニーはつぶやいた。「どう悪くなりようがあったのか、言ってみてほしいものだわ」

「頭が空っぽで筋肉もりもりの、髪の毛と一緒に知性まで剃《そ》り落としてしまったようなボディガードに張りつかれていたかもしれないのよ。もしわたしがだれかに、ピート・テイラーみたいなゴージャスな男性に一挙一動を見つめられながら数週間を過ごすよう命じられたとしても、だれもわたしの不満に耳を貸したりしないでしょうね」

「でも、プライバシーがなくなるわ」アニーは四秒ほどデスクに着いたが、すぐに立ち上がって歩きだした。

「ねえ」キャラが言った。「彼の首飾りを見た？」

「ナバホのものよ。おそらく一八六〇年くらいか、もっと古いかもしれないわ。指輪を見た？」

「それにベルトのバックルも。あれを買い取るつもりなんでしょう？」キャラが自分のデスクの上のファイルを片づけると、石化した木でできたペーパーウェイト、甥《おい》と姪《めい》たちの写真が入った三つの額、それに首がスプリングになったホーマー・シンプソンのプラスチック人形が現れた。キャラは友の顔を見上げた。「違う？」

「わたしには関係ないことだわ」アニーは不機嫌に言うと、もう一度椅子に座り込んだ。

「買い取ろうとしないのは、あの人に気があるからね」キャラは勝ち誇ったように言って、ホーマーの首を派手に揺らした。「あなたは彼が気に入った。わたしにはわかるわ。彼を利用したくないのよ」

アニーはデスクの上に突っ伏した。「ああ、マクリーシュ。ピートはこれからずっと何週間もここにいるのよ。どうしたらいいの？」

「少なくとも彼はハンサムよ。想像してみて。もしも首のない男に朝な夕な見つめられ続けるとしたら――」

アニーはキャラをにらみつけた。「わたしは首なし男のほうがいいわ。テイラーはたしかにすてきよ。でも、その本人が……ドアのこちら側に立って、わたしたちの言葉を聞いているのよ」アニーはドア枠に寄りかかっているピートのほうに目をやった。焦茶色の目がおもしろがっているように見える。

「あなたのことを話していたのよ」キャラはわざわざ言って、楽しそうに微笑《ほほえ》んだ。「アニーはさっきマーシャルと――」

「あのわからず屋」アニーが口をはさむ。

「電話で話したの」キャラは続けた。「どうやら車のスーツケースを運んできて、もっと落ち着けるところに置いたほうがよさそうよ」

「そうか」ピートは言った。

「いい気にならないで」アニーはぴしゃりと言い放った。

ピートの眉が一ミリ動いた。「ぼくはただ――」

「わたし、すごくいらいらしているんだから。マーシャルは――」

「あのわからず屋」キャラが付け足す。

アニーはまくし立てた。「女に自分の身なんか守れないと思っているの。女性のボディガードを雇ってくれないかと頼んだのよ。悪く思わないでね、テイラー――」

「気にしないさ」ピートは言った。

「そうしたらマーシャルは――」

「あのわからず屋」今度はピートが唇を引き上げて微笑みながら、口をはさんだ。

「大笑いしたの。そしてこう言ったのよ。だったら女のボディガードを守るのに、引き続きテイラーを雇わなければいけないなって！　ボディガードは男の仕事だって言うのよ。男女差別もいいところだわ。だからわたし、この仕事を降りると言ったの。あの工芸品を引き揚げて、どこかの男に鑑定してもらってくださいと」

「それで？」キャラが先を読んでにやにやした。

「マーシャルは――」

「あのわからず屋」キャラとピートが同時に言った。

「また大笑いしてこう言ったわ。いったん書面にした契約を破るなんて、いかにも女のしそうなことだって。それで、また月のめぐりのいいときに話し合おうですって！　もう、電話から手を伸ばして、鼻をぎゅっとねじってやりたかったわ！」

「それで？」キャラが尋ねた。

「それで終わりよ。契約も、ボディガードもそのまま」アニーはつぶやいて、険しい目つきでピートのほうを見た。

「あの――」ピートが言いかけた。

「今はしゃべらないほうがいいわよ」アニーがさえぎった。「怒りをぶちまけたくてたまらないんだから。あなたはものすごく魅力的なターゲットよ」

「ものすごく魅力的、ね」キャラは微笑んで椅子にもたれ、両足をデスクにのせた。

「くびにするわよ、マクリーシュ。コピーを取るとか、お給料に見合うことをしてちょうだい」

電話の音に、アニーは飛びついた。

「きっとマーシャルよ。気が変わったのかもしれない……」期待を込めて受話器を上げた。

「もしもし」

歩きながらヘアバンドをはずし、顔にかかった髪を片手で後ろになでつけながら、もう片方の手で受話器を耳に押し当てた。その顔に驚きと、続いてショックが走る。そして青い目が細くなった。

「だれなの？」アニーは尋ねた。「わたしを脅すつもり？　やれるものならやってみなさいよ。なぜ姿を見せないの？　こそこそ脅迫電話なんかかけたり、窓から石を投げたりしないで、姿を見せ――」

ピートはぱっとアニーに飛びつき、電話をもぎ取ると、ＦＢＩが残していったテープレコーダーを作動させようとした。が、すでに回線は切れており、発信音が聞こえるだけだった。

「くそっ」ピートは毒づいて、電話を切った。「いったい何を考えているんだ？　なぜ録音しなかった？　しかも、なぜあんなことを言った？　本当に現れたらどうするつもりだ？」

アニーは震えていた。「怒鳴らないで！」目が怒りに燃えている。「どこかの変人があれこれ空想して、異常きわまりないことを口走っていたのよ。しかも空想の主役はわたし。怒って当然でしょう？」

「相手を刺激してどうする」ピートの目は美しくきらめいていた。両手を腰に当てて立ちふさがられ、彼女はデスクの前から動けなかった。

動くには、ピートを押しのけるか、デスクを乗り越えるしかない。アニーは震える手を隠そうと、ジーンズの後ろのポケットに突っ込んだ。

ピートはアニーのデスクからメモ用紙とペンを取った。「やつが何を言ったのか、話してくれ」

アニーは首を振った。「悪いけど、できないわ」

「正確に覚えていないのだったら――」

「ちゃんと覚えているわ。でも……とても口に出せない。あまりにもおぞましくて」彼女はピートの視線を勇敢に受け止めていたが、突然その目が涙でいっぱいになった。軽く毒づき、まばたきしてこらえる。「さんざんな日だわ」

ピートは視線をそらした。アニーの涙に対する自分の心の反応がショックだった。彼女を抱き寄せ、大丈夫だと言い聞かせ、その手がまったく別の理由で震えだすまで、キスしてやりたい。心配するな、ぼくがきみを守る、と言ってやりたい。

アニーはこの機をとらえてデスクの反対側に回り、腰を下ろした。

視界の隅で、ピートがデスクの向かいの椅子を引いた。彼はそこに座り、アニーの頭越しにキャラのほうを見た。アニーが目をやると、キャラは好奇心を隠そうともせずこちらを見つめている。

「席をはずしてもらえるかな」ピートがキャラに言った。

キャラはためらいながら立ち上がった。

「銅器の最終検査の準備をお願い、マクリーシュ」アニーは言った。「すぐ研究室に行くわ」

仲間はずれにされるのはいやだったが、キャラはしぶしぶオフィスを出ていった。ピートが立ち上がり、キャラの背後でドアを閉めた。

アニーは顔を上げて、ピートが向かい側に座るのを見た。驚いたことに、彼の目は穏やかで、優しげでさえある。

「電話を録音したかったのは」ピートは静かに言った。「相手を突き止めるためだ。居場所だけではない。ＦＢＩはコンピュータを使って、言葉遣いや単語の選び方、文章の構造からも、過去の犯罪と照合できるんだ」彼はメモ用紙とペンをアニーのほうへ押し出した。「だから、やつがなんと言ったか、知る必要がある。できるだけ正確に思い出してくれ。口に出すよりも、書くほうが楽なんじゃないか？」

長いことアニーは動かずに、じっとピートを見つめていた。そしてにわかに紙とペンを取り上げ、書き始めた。

ピートは椅子に深く腰かけて、彼女を眺めた。

窓から差し込む太陽が背後からアニーを照らし、周りをオーロラのように輝かせている。彼女を見ているだけで……いや、彼女のことを考えるだけで充分だ。アニーが欲しい。そばにいないときも、ひたすら彼女のことを考え続けている。これは相当に厄介な二カ月間になりそうだ。

アニーは書き終わると、紙の上にペンを置いて立ち上がった。「研究室に行くわ」そっけなく言って、部屋を出ていった。

ピートはデスクに手を伸ばし、アニーの書いたメモを取った。電話の主がアニーに向けた言葉を読みながら、歯を食いしばった。悪夢のように恐ろしい脅迫の言葉だった。性的で露骨なことははなはだしい。

読み返すたびに不安が増した。これは彼女を怖がらせるためのただの脅しなどではなさそうだ。本当に生命の危険にさらされている可能性が高い。

ピートは電話に手を伸ばし、ホイットリー・スコットの番号を押した。


「だれかが空港に行かないと」銅器の検査を終えると、キャラはアニーに言った。「フランスからの荷物を取りに」

アニーはぼんやりとキャラを見た。

「ウェストチェスター空港に荷物が届くんでしょう。忘れたの？　十年間は手をつけられない仕事よ。二日前に話したじゃない？」

「ああ、そうだったわね」アニーは言った。仕事中ポニーテールにまとめていた髪をほどき、肩の上で揺らす。そして研究室のあちこちに散らばっている木のスツールの一つに腰かけた。「ねえ、マクリーシュ。最後に休暇をとったのはいつだったかしら」

キャラは鼻にかかっていた眼鏡を押し上げ、眉をひそめた。「それは、イースター島に行ってやぶをかき分けつつ、はるかなる古代文明が遺《のこ》した巨石像を観察する二週間のようなもの？　それとも、ビキニを着てビーチに寝そべって、ハンサムな男たちにダイキリやマルガリータを持ってきてもらう地中海クラブ《クラブ・メッド》の休暇？」

「クラブ・メッドよ。まさにそんな休暇」

唇を噛《か》みながら、キャラは懸命に考えた。「ここで働きだしてから……そんな休暇をとったことは……一度もないんじゃない？」

「決めた」アニーは言った。「わたしたちには休暇が必要よ。今かかえている仕事が終わったら……いつごろになるかしら？」

キャラは肩をすくめた。「十二月の終わりか、一月の初めね」

「一月は休むことにするわ。もうこれ以上仕事を受けてはだめよ。プロジェクトの開始を二月まで待てるという依頼でないかぎり」

「神さま、ありがとうございます！」キャラは天井を見上げた。「クラブ・メッドよ、待っててね！　ご主人さまに神のお恵みを！」

アニーは立ち上がった。「さあさあ、仕事に戻りなさい。わたしは空港へ行くわ」急いで二階に駆け上がり、ジャケットと車の鍵をつかんだ。「じゃあ、行ってくるわね」キャラに呼びかけながら、軽やかに階段を下りた。

外の空気はひんやりとさわやかで、アニーはジャケットのボタンを留めた。そろそろクロゼットからマフラーを出さないと……。

ピート・テイラーが車の横に立っていた。

アニーはぽかんと彼を見つめた。

「ぼくはボディガードだ。きみの行くところには、どこにでもついていく」

彼女は目をつぶって祈った。神さま、お願いです。目を開けたら、彼が消えていますように。すべてはただの悪い夢……。

ピートは、やはりそこにいた。まったくもう。

「ぼくが運転してもいいが?」

「わたしは運転が好きなの」アニーは言った。だが、アニーの車は本や、新聞や、炭酸水の空き缶でいっぱいだ。かたやピートの車は小型のスポーツカー、マツダのロードスター……。アニーの目はぴかぴかの黒い車に吸い寄せられた。

「よかったら、ぼくの車で行こうか?」ピートはアニーの心を読んだように言って、キーを取り出した。「きみが運転してもいい」

アニーはそっと手を伸ばした。「どういうこと? レンタカーなの?」

ピートは首を振った。「きみはぼくに命をゆだねている。だから、ぼくはきみに車をゆだねるよ」

ハンドルの前に座り、アニーはミラーを調節した。ピートが乗り込むと、アニーと体が重ならんばかりになり、そのとき初めて彼女は車の小ささに気づいた。二人はあまりにも接近していて、実際、体が触れ合っている。やっぱり自分の車を使うべきだったかもしれない……。

アニーはキーを回し、エンジンをかけた。

「きみが書いた電話の内容の記録をFBIに送っておいた」ピートが言った。

「それはどうも」彼女は不機嫌に答えた。「さぞやお笑い草だったでしょうね」エンジンのパワーを感じながら、スポーツカーをそろそろと私道から出す。

「いくつかの手がかりを当たっているそうだ」ピートはアニーの皮肉を無視した。「二つの過激派グループがすでにスタンド・アゲインスト・ザ・ストームのデスマスクの所有権を主張している。また、別のグループは、ニューメキシコのナバホ族に返還すべきだと正式な訴状を送っている」

「まさか。そんなグループが本当にナバホと関係あるはずはないわ」アニーは答えを知りながらも、ちらりとピートを見た。

「そのとおり」白い歯がきらめくのを見て、アニーはあわてて道路に向き直った。しびれるような微笑み。彼があまり微笑まないのはかえって幸いだ。「ナバホ族はデスマスクに関するものなど、何も求めていない。彼らにしてみれば、スタンド・アゲインスト・ザ・ストームの悪霊が大西洋を隔てたイギリスにいてくれたほうがよかったに違いない」

「あなたはどう思っているの？」アニーはきいた。「家の中にデスマスクがあることを」

アニーはあえてもう一度ピートを見た。微笑んではいない。だが、その目にはユーモアが輝いていた。

「本気でぼくが気にしているとは思っていないんだろう？」

「あなたにもナバホ族の血がまじっているはずよ」アニーは言った。「そうでしょう？」

「ああ。半分ね。一目瞭然《りょうぜん》かな？」

「そうでもないわ。でも、その首飾りでわかったの。とても貴重なものよ。おそらく思い出のこもった、先祖伝来の品に違いないわ。だからいつも身につけているのね。ただのコレクターだったら、箱に入れて鍵をかけておくもの」

「祖父にもらったんだ。祖父の祖父が作ったらしい。指輪とベルトのバックルを作ったのは、ぼくの曾祖父《そうそふ》だ。どれも身につけるために作られたものだ……しまっておくためではなく」

アニーはもう一度、横目でピートを見た。彼と目が合ったとき、突然、いつも二人の間で爆発寸前だった感情とは別のぬくもりを感じた。親しみやすく、心地よいぬくもり。ああ、どうしよう。なんだかこの人を好きになりかけているみたい。

彼女はロードスターのスピードを百十キロまで上げた。

「それで、あなたの考えは？」アニーは尋ねた。「デスマスクを狙《ねら》っているのはだれ？

ナバホ族じゃないとすると……」

ピートは肩をすくめた。「おそらくＦＢＩの推測どおり、ネイティヴ・アメリカンのグループを支持する過激派かな？」

「でも、あなたはそう思っていないんでしょう？」アニーはちらりとピートを見た。彼は温かい目でこちらを見つめている。ふと彼女は考えた。手を伸ばしてピートの手を握ったら、彼はどうするかしら？

当然のごとく、この女は恋に落ちたと思うだろう。これまで出会ったすべての女性たちと同じように。でも、わたしは彼の女性遍歴に新たな一行を加えるだけの存在にはなりたくない。そんなのまっぴらよ。愚かにもこの人に恋するときは、向こうもちゃんと愛してくれていることを確かめてからでないと。

アニーはもう一度ピートをちらりと見て、あわてて目をそらした。長いこと目をのぞき込まれたら、心を読まれてしまうかもしれない。

でも、どのみちピートには読まれてしまったらしい。アニーが再び視線を上げたとき、一瞬、ピートの焦茶色の目に熱い欲望がよぎるのが見えた。だが、じっと見られまいとピートは顔をそむけた。まるで彼のほうも誘惑と闘っているかのように。

アニーは咳払《せきばら》いして、空港へ向かう出口ランプに神経を集中させた。

ピートは湿ったてのひらをこっそりジーンズでふいた。アニーには心を乱される。近いうちに自分を抑えきれなくなってしまうかもしれない。

標識に従って、彼女はメイン・ターミナルの駐車場へ向かった。空いたスペースに車を入れ、エンジンを停《と》める。そしてシートに座ったまま、ピートのほうへ向き直った。

「本当のところ、わたしにはどれぐらいの危険が迫っているの？」アニーは単刀直入にきいた。「ああいう酔狂な電話をかけてくる変人は、ただ相手を脅かすのが目的の場合がほとんどでしょう？」

「そのとおり。だが、たとえ百万分の一の確率であってもリスクは負いたくない」それにアニーが書いたあの電話の内容がずっと気になっている。腹の奥底に不安を感じるのだ。用心に越したことはない。

「わたしが自動車事故で死ぬ確率は百万分の一よりも高いでしょう？　でも、毎日そのリスクを負っているのよ」

ピートは黙って車の中に座ったまま、アニーを見つめていた。なんと言えばいいのだろう？「いやな予感がするんだ」彼はようやくそう言った。

アニーは微笑んだ。「ハン・ソロと同じね」

ピートは目をしばたたいた。「なんだって？」

「『スター・ウォーズ』よ。ハン・ソロはいつもそう言っているじゃない」アニーは声色をまねた。「チューバッカ、いやな予感がするんだ」そしてピートの表情を見て笑った。

「もっと気を楽にしてよ、テイラー」

「ぼくの記憶が確かなら、ハン・ソロの心配は金のことだったはずだ」ピートは指摘した。

「あの船はトラクター・ビームでデス・スターに捕まったんじゃなかったか？」

「そうよ。まあ、得るものもあれば失うものもありということよね」アニーはにっこりして言った。「でも最後は勝った。肝心なのはそこよ」

ピートがアニーを見つめるので、アニーもピートを見つめ返し、その顔をじっくりと観察した。左の眉の上に小さな傷があるが、それ以外は、これまでアニーが目にした中で、最も完璧《かんぺき》に近い容貌《ようぼう》だ。まっすぐに通った鼻は顔にぴったりのサイズだし、大きな目と長く濃いまつげにはマスカラ製造会社も恐れ入るだろう。

その目を見つめていると、月のない夜に宇宙をのぞき込んでいるような気がする。暗く果てしなく、神秘的で、刺激的。心を引きつける冒険への期待。

なぜわたしにキスしようとしないの？　彼女はそう思った自分をすぐに叱《しか》りつけた。キスは任務に入っていないわよ。これは仕事で、デートではないの。

だがその一方で、二人が惹《ひ》かれ合っていることは否定できなかった。アニーは何度かピートの目にそれを見た。一瞬のきらめきにすぎなかったが、そのたびに息をのんだ。そして今も、わたしを見る彼の目の中に、静かな欲望がちらついている。ほんの少し油を注げば、炎となって燃え上がるだろう。

　アニーの心の大部分は、油を注ぎたがっている。だが、過去に経験した体だけの関係は、長続きしなかった。そうよ、女性たちへの神からの贈り物みたいなニック・ヨークとベッドをともにしないのは、気軽なセックスがいやだったからではないの？　ニックはピートと同じくらいハンサムだ。けれど、信用ならない男だ。彼にとってごまかしはスポーツみたいなもの、あるいは生き方そのものなのではないかと、ときどき思うほどだ。

　ピート・テイラーは、謎《なぞ》めいてはいても誠実な人間だとアニーは直感した。追いつめればうそをつくかもしれないが、それはきっとゲームではない。ニックのうそとは違うはずだ。

　もちろん、初めてニックと会ったときには、そんなことはわからなかった。たとえピートが善人で親切で誠実だと直感しても、間違うことだってある。

　どんなに強く惹かれ合っていても、あわてて分別のない行動に出たりしてはいけない。少なくとも自分の意思では。そう自分に言い聞かせ、アニーは心の中で微笑んだ。ピートはこれから二カ月近くもそばにいる。お互いを知り、友達になる時間は充分にある。友達になったあとも、たまらなく彼に惹きつけられているようであれば、そのときに行動を起こせばいいのだ。

「わたしの考えていることがわかる？」ようやくアニーは言った。

　黙って彼女を見つめたまま、ピートは首を振った。

ぼくが話そうとしなかったのは、言葉を口にする自信がなかったからだ。身動きさえおぼつかない。この数分間でなんだか車内が縮んだような気がする。筋肉一つ動かしていないのに、二人はこんなにも寄り添っていて、体を伸ばすだけでアニーにキスできそうだ。アニーの口元ではなく目を見ろ、とピートは自分に言い聞かせた。柔らかく濡れた唇ではなく……。

車を降りなければ。さもないと、とんでもないことをしでかしてしまいそうだ。でも、降りられない。アニーの目を見つめているだけでも体に火がついてしまって、今立ち上がれば相当きまり悪い思いをすることになる。くそっ、なんということだ。まるで十七歳の若者に戻ったみたいに、まったくコントロールがきかない。

「一連の事件の裏にいるのはFBIだと思うの」アニーがしゃべっていた。車を降りて身をかがめ、ドアのすきまからこちらへ顔を突き出している。「いたずら電話も、窓に石を投げ込んだのも、みんなあの人たちのしわざだと思うわ。行きすぎた脅迫手口なのよ」

ピートは無表情だった。「きっとぼくのこともFBIだと思っているんだろうな」

「そうなの?」

彼はまっすぐにアニーの視線と向き合った。「違う。ぼくはFBIではない」

ピートの顔を見つめたまま、アニーはうなずいた。「おかしいわね。なんの根拠もないんだけど、わたし、あなたを信じるわ」彼女は片方の口元をゆがめて笑った。「被害妄想だったみたいね。さあ、ハン・ソロ、中へ入りましょう」

　ピートはゆっくりと車から降り立ち、ルーフ越しにアニーを見た。まるで卵の殻を並べた上に立っているような気がする。今はなんとか持ちこたえているが、次の一歩には細心の注意を払わなければ……。

「つらいだろうな」ピートは言った。「だれにも信じてもらえないというのは」

「まったくよ」

「美術品窃盗団のことを詳しく話してくれ。力になれるかもしれない」

「わたしが無実だとFBIを説得できる？」アニーはほとんど訴えるように尋ねた。そして首を振った。「わたしは無実よ。でも証明できないから、ずっと追い回されているの。どうしてそこまでして無実の人間を犯人にしたいのかしらね」ターミナルのほうをちらりと見て、腕時計に目をやる。「空輸貨物の受け取りは三時までだとマクリーシュが言っていたわ。急ぎましょう」

　ピートは低い煉瓦《れんが》造りの建物に向かってきびきびと歩くアニーを見つめていた。彼女を信じていいのか？　ぼくは信じたい。

　アニーに続いてゆっくりとエア・ターミナルを歩きながら、ピートは、彼女のいきいきとした足取りや、無意識に性的魅力を振りまきながら揺れる細い腰を見つめた。

　やはりアニーを信じたい。それはアニーが欲しいからだ。

いつもはセックスをほかのこととは切り離すようにしている。セックスは……セックスだと。

しかし、ぼくはアニーのことが気に入った。どうやら本当に好きになってしまったらしい。それに、変な考え方かもしれないが、ぼくは好きな女性とはベッドをともにしないことにしている。お互いが求め合う、誠実な関係でないかぎりは。

もちろん二人はお互いに求め合っている。自分の欲望と同じものがアニーの目の中にも見えた。だが、誠実さはどうだ？　心の中で否定のブザーが鳴った。誠実さはない。少なくとも自分の側には。

だからだめだ。ぼくがアニーと寝ることは絶対にない。たとえ彼女に求められたとしても。

ピートは、アニーが貴重な荷物を引き取るための書類にサインするのを見守った。箱を空輸貨物のカウンターの端へ引きずり、持ち上げた。意外に重い。片手で運ぶのはとても無理だ。

「だれかに車まで運んでもらいたいのだが」ピートはカウンターの男に言った。

アニーは驚いたようにピートを見た。「それほど重くないわ」

見るからに、彼はばつが悪そうにしている。「ああ。でもぼくは、一度に両手をふさがないようにしているんだ。少なくとも片手は空けておかないと、何かあったときに銃が撃てない」

「もっともな主張ね」アニーは冷淡に言った。「いつ悪霊に襲われるかしれないものね」

「サムが休憩中でね」カウンターの男は、銃と聞いても悪霊と聞いても動じていないらしい。「サムなら手伝えるが、あと二十分は戻らない」

「待つよ」ピートが言った。

「いいえ、待てないわ」アニーは憤慨して言うと、自分で箱を持ち上げた。ピートは抗議しようと口を開けたが、アニーがさえぎった。「わたしをなんだと思っているの？　かよわい女？　自分で運ぶわ。これが二日前、あなたにつきまとわれる前に届いていたら、そうしていたんだから」

ピートの気まずい思いを承知しながら、アニーは出口へと向かった。彼はなかなかの紳士で、アニーのためにドアを開けてくれた。自分なら軽々と運べる荷物を懸命に運ぶアニーを見ているのは、本当に不本意だという様子を見せている。

「待ってくれ」外に出ると、ピートは言った。「ぼくが運ぼう」

アニーは足を止めなかった。「絶対にだめよ。自分のルールを貫かなければ。ずっとそうしてきたんでしょう？」

ピートはゆっくりうなずいた。

「だからこそ一流の仕事ができるのね」

「そうかもしれないが、自分が大まぬけみたいな気がするんだ」

「大まぬけみたいな気がするのは、あなたがそうでない証拠よ」アニーは微笑んだ。「安心して。あなたはいい人だわ」

アニーはぼくをいい人だと思っている。ピートは、ぬくもりと喜びが全身に広がっていくのを感じた。六年生だ。突然思い出して心の中でうめいた。こんな気持になったのは小学校六年生のとき以来だ。

5

帰りはピートに運転をまかせた。アニーは助手席に座り、重い荷物を足元に置いた。慎重に開けてみると、衝撃吸収材と新聞紙に包まれた二体の銀の彫像が発泡スチロールの玉を詰め込んだ箱の中に入っていた。

ひざまずいて嘆く羊飼いと、聖母マリアをかたどったきらめく彫像は、どちらも明らかなビザンティン様式の特徴を備えている。鋳型で成形されたもので、合わせ目は古代からとも思われる時を経て、朽ちていた。

アニーは彫像を箱に戻し、満足のため息をつくと、車の窓から外を見た。

土曜の午後とあって、ルート六八四は込んでいた。ピートのロードスターは常に追い越し車線を順調に走っている。制限速度を超えているのに、中央車線のくすんだグレーのセダンが横に迫ってきた。アニーはその車の運転手をちらりと見た。

ぼさぼさの茶色い髪は、まるで八〇年代末からくしを通していないかのようだ。顔の下半分はもじゃもじゃのひげにほとんど覆われている。

見入ってしまうのを恐れて、アニーは無理に目をそらした。だが、セダンは前にも後ろにも行かず、こちらの車にぴたりとついてくる。

アニーが再び目を上げると、今度は向こうの運転手がこちらを見て笑った。

ショックのあまり、アニーはぽかんと口を開けた。

男の口には鋭くとがった牙《きば》が並んでいる。そして、その目……！　目は不気味な黄緑色だった。

まるで動物の目だ。猫の一種か、それとも……狼《おおかみ》？

仰天しながらも、激しい憎悪を込めてにらみつけると、男は舌でいやらしいジェスチャーをした。そして鮮やかなオレンジ色の水鉄砲を窓に向けた。その手の甲は、頭と同じ分厚い茶色の毛で覆われている！　男は引き金を引いた。

赤い液体が噴き出し、窓の内側に飛び散った。鮮血のような、どろりとした真っ赤な液体が窓ガラスにしたたる。

「きゃあ！」アニーは悲鳴をあげて飛びのくと、ピートのがっしりした肩にしがみついた。

「どうした？」

「あの車よ！」アニーは言った。だが、グレーのセダンはとっくに後ろに遠ざかり、右車線にまぎれ込んでしまった。「あの男！　鉄砲を持って――」

いきなりアニーは押さえ込まれた。頭はピートの膝に、脇腹《わきばら》はシフトレバーに強く押しつけられている。「どの車だ？」彼が叫んだ。

「グレーのよ」ピートのはき込んだジーンズ生地に頰を押しつけたまま、アニーは言った。起き上がろうとしても、彼の腕に押さえつけられて動けない。

「見えないぞ。たしかにグレーだったのか？」

「グレーのフォードアよ。中型車。たぶんボルボだったと思うわ」アニーは首をねじってピートを見上げた。彼は目を細めて集中し、いつも以上に口を固く結んでいる。アニーはもう一度抵抗してみた。「テイラー、体を起こさせて！」

「逆らうな」ピートはぴしゃりと言った。

　ピートの脚の筋肉が動き、車のスピードが落ちたことがわかった。彼はようやくアニーから手を離し、シフトダウンしてハイウェーの出口を下りた。

　アニーは体を起こし、顔にかかっていた髪を払いのけると、ピートを見た。彼はセブンイレブンの駐車場に車を停《と》め、アニーのほうを向いた。

「大丈夫か？」

　アニーはうなずいた。ピートの目は本当に心配そうだった。

「相手の顔をよく見たか？」

　アニーはまたうなずいた。「はっきりと見たわ。髪は茶色でぼさぼさ、ひげもじゃで、ぼうぼうの眉毛が真ん中でつながっている。まるで十年間、シャワーも浴びなければ、ひげも剃《そ》っていないみたい。やせこけていて……頬が落ちくぼんでいたわ。黄色い目で、黒い爪があるの……前足の先に」

「前足ね」ピートは無表情で繰り返した。

「本当よ。細かいところまではっきりと覚えているわ。だってそれがわたしの仕事なんですもの」アニーは指でそのほかの特徴を数え上げた。「車の外側はくすんだグレー、内側はベージュのビニールシート。バックミラーの右上隅にひびがあって、運転手には牙がある。左側の犬歯がほかよりも短い。左の眉毛の横に小さいほくろ」

彼の眉がほんの少しだけ上がった。「ほかには?」

「鉄砲は本物じゃないわ」

ピートはかすかに目を細めた。「簡単には言いきれないよ。いくらきみの観察眼がすぐれていても」

「鉄砲はオレンジ色だったの」アニーは青い目にユーモアをきらめかせ、ピートに微笑《ほほえ》みかけた。「水鉄砲だったのよ、テイラー。あなたのほうがよっぽど危険だったわ。あなたと……シフトレバーのほうが」脇腹をさする。「きっとあざができているわ。あんな乱暴をされると知っていたら、銃のこと、もっと違う言い方をしたのに」彼女は、男が窓に吹きつけた血のような液体のことを手短に説明した。「きっとただの偶然よ。ハロウィーンも近いことだし。別にわたしを狙《ねら》ったわけではないわ」

「ぼくは偶然など信じない」ピートは言った。

「わたしは狼人間も、幽霊も、魔法使いも、ナバホも、何も信じないわ。スタンド・アゲインスト・ザ・ストームの霊がグレーのボルボを運転するとはとても思えない。それに自尊心のあるナバホの魔法使いだったら、南西部を離れるはずはないし、ましてや土曜日の午後、狼の姿でニューヨーク郊外のハイウェーを走っているはずがないわ。これが偶然でないとしたら、殺人の脅迫の裏にナバホ族がいると見せかけるためにだれかが仕組んだことに違いない。でも、そうだとしたら、さらに大きな疑問が残るわ。いったいなんのために？」


ジェリー・ティリットはオフィスにいて、アニーのデスクの端に腰かけ、キャラに微笑みかけていた。


伸びすぎた赤い髪はうなじで一つに結んであり、豊かなひげをたくわえて、つぶれたレッドソックスの野球帽をかぶっている。肌はよく日に焼けていて、着ているものは何週間も洗濯機にお目にかかっていないらしい。

「風下に回っても大丈夫かしら、教授」アニーは入口からきいた。「その髪の下にいるのは、いつものあなたなんでしょうね、ティリット？」

「やあ、博士」ジェリーは明るく言った。「キャラから悪霊の話を聞いていたんだよ。きみにくっついている小さな霊《シャドー》はどこかな？」彼はアニーの背後に目をやった。「おや、大きな影《シャドー》だったな」

アニーが振り返ると、後ろにピートが立っていた。彼女は二人を紹介した。「こちらはピート・テイラー、こちらはジェリー・ティリット」ピートがアニーの後ろから手を伸ばし、ジェリーと握手すると、ピートの体から発散されるぬくもりが感じられた。

アニーは微笑んだ。もしいきなりこう言ったら、キャラはどんな顔をするかしら？〝ちょっと失礼。テイラーとわたし、今から上でセックスしてくるわ……〟

だがキャラのほうは、ぼんやりしないでよと言いたげな顔をしている。「どう？」キャラが尋ねた。

「どうって、何が？」

「ジェリーとわたし、もう帰ってもいいかしらってきいたのよ。二本立て映画を見るつもりなの」

「もちろんよ。わたしももう終わりにしようと思っていたところ」アニーは体を起こし、両腕を頭の上に上げて背筋を伸ばした。だが、ふとピートの視線を感じて動きを止めた。トレーナーが持ち上がり、ジーンズのウエストからおなかが十センチほどのぞいている。

彼女はあわててトレーナーを引き下げた。

「早いうちに」ピートが言った。「階上《うえ》へ行こう」

アニーはぎょっとした。階上へ？　わたしの心を読んだのかしら。そんなばかな……。

「どうして？」

「最上階の警報装置をチェックしたい。安全確保のために、修理や買い足しが必要なところを調べておきたいんだ」

「まずこれを金庫にしまわなければ」アニーは車から運び入れた荷物を示した。

「じゃあ、わたしたちは失礼するわ」キャラはジェリーの手をつかみ、ドアのほうへ引っぱっていった。「また月曜日にね、アニー」

アニーが重い箱を持ち上げようとすると、ピートが来た。「ぼくが運ぶよ」彼は箱を持ち上げた。彼女が眉を上げると、ピートは微笑んだ。「金庫に行くまでの間くらいなら、リスクを負えそうだ」

彼女はピートを従えて廊下を進み、研究室に入った。「階上に備えてあるのも、ここと同じ警報装置よ。ほとんど役に立たないしろもの」

アニーは金庫のドアを開け、ピートは箱をスタンド・アゲインスト・ザ・ストームのデスマスクが入った木箱の隣にのせた。アニーはドアをきっちりと閉め、ダイヤル錠を回転させた。

「装置の状態は知っているでしょう？　なぜ調べる必要があるの？」

「窓の数を数えたい」ピートは言った。「マーシャルは喜んで支払う気でいるのだから、この際、セキュリティのグレードを上げてもらおう」

「どういうこと？　窓に鉄格子でもつけようというの？」アニーは尋ねた。「それから何？　有刺鉄線のフェンスに二頭のドーベルマン犬？　とんでもない。家を厳重警備の収容所にするつもりはないわ」

ピートは重心を移動させ、腕を組んだまま、黙ってアニーを見つめている。まるで顕微鏡の上の標本になった気分だわ、とアニーは思った。

「見えない格子だ」彼は答えた。「動作感知器。手始めにそれをつけよう」

「ご近所が大喜びするでしょうね」ピートに続いて階段を上りながら、アニーはつぶやいた。「窓に蛾《が》が当たるたびに、ベルが鳴り響く。わたしだって眠れないわ」

ピートはアニーを従えて部屋から部屋を渡り歩き、窓を調べては手帳に情報を書き込んでいった。最後にピートは、二階の踊り場にある二つのドアの前で立ち止まった。

「この中は？」

「リネン類の戸棚よ」アニーがドアを開けると、シーツやタオルが無造作に山積みされていた。

ピートは二つ目のドアを指さした。「こっちは？」

「屋根裏部屋への階段よ」

ピートはドアを開け、明かりをつけた。

「何もないわ」アニーは言った。

ピートはほこりだらけの階段を上り始めた。重みで階段がきしむ。

裸電球一つに照らされた広い屋根裏部屋は薄暗く、がらくたでいっぱいだった。片隅に古い揺り木馬と壊れたテレビが置いてある。別の隅には、クロスカントリー用のスキーセットと、子供用の木製のそりが積んである。いたるところに本やら衣類やらを積め込んだ箱があり、いくつかは中身が木の床に散らばっていた。

「何もないって？」ピートは愉快そうに目を輝かせ、階段を上りきって屋根裏部屋にやってきたアニーを見つめた。

アニーは恥ずかしげに微笑んだ。「たいしたものはないのよ」

しかしピートはかすかに眉を下げ、しかめっ面とも言えそうな表情で、窓から窓を見て歩いた。

「ここの窓には警報装置がないじゃないか」信じがたいという声でピートは言った。「一つも」

「だって費用が倍近くかかるんですもの」彼女は言い訳した。窓辺に行き、たそがれの中、三階の高さから地面を見下ろす。「ここを登ってこられる人なんているはずがないわ。そんな無茶なこと――」

「こんなの造作もない」

「まさか」アニーは首を振ってもう一度下を見た。こんな高さまで登るなんて想像もできない。屋根のこけら板は滑りやすそうだし、欠けているところもある。一歩、足の置き場所を間違えば、空を踏むだろう。その下には、骨をも砕く地面が待っている。

ピートは腕を伸ばして、ごつごつした木の梁《はり》に両手をかけ、細身の黒いタートルネックの下で筋肉を波立たせながらアニーを見下ろした。「きみは〝登る人《クライマー》〟ではなさそうだな」

彼は小さく微笑んだ。

「クライマー?」アニーは繰り返した。温かい視線にとろけてしまいそうだ。

「人間は、クライマーか、そうでないか、どちらかだ」ピートは説明した。「クライマーでない人は地面にいるほうが落ち着く。高いところを恐れているのではなく、引力を重要視しているだけなんだ。あまりにもね。その結果、彼らはクライマーの存在そのものを信じかねる」

「わたしは絶対クライマーではないわ」

「クライマーは生まれつき足場を知っているし、空に触れたいと願っている。三階の屋根裏部屋に登ることなど、空までの半分にも満たない」

「あなたはどっち?」アニーは尋ねた。

答えるひまもなく、悲鳴とともにアニーの体が飛びついてきた。ピートは反射的に手を伸ばして受け止めたが、足がぐらつき、アニーと一緒にほこりだらけの屋根裏部屋の床に倒れ込んでしまった。

ピートの体は即座に反応した。腕はアニーを抱き、指は、いつも触れたいと願っていた細い茶色の髪の間を滑っていた。絹だ。まるで絹のような手触り。なんて柔らかいんだ。ああ……。

「もう、だめ」アニーは泣き声をあげてピートを押しのけると、転げるように階段へ向かった。

あわててつまずく音に続き、ドアをたたきつけるように閉める音が聞こえた。

ピートは床に仰向けになったまま、うめいた。まるでトラックに轢《ひ》かれたみたいだ。いったい何が起こったんだ？　アニーがだしぬけに飛びついてきた。大声で叫びながら……。

そのときピートはそれを見た。

小さな黒い影がひさしの近くではばたいている。

こうもりだ。

アニーはこうもりが怖いのか。

ぼくに飛びついてきたのは、たまらなくそうしたかったからではなく、怖かったのだ。

ピートは笑いが込み上げてきて、抑えられなくなった。自分の思い上がりがおかしかった。

アニーはキッチンテーブルに着き、ぬくもりを求めるように、紅茶の入ったマグカップを両手でかかえていた。顔を上げ、キッチンに来たピートと目が合うと、あわててきまり悪そうに目をそらした。

「大丈夫か？」ピートは言った。

「ええ、ごめんなさい。わたし、こうもりって……ちょっとだめなの」

「ちょっと、ね」

ピートが向かいに座ると、アニーはもう一度顔を上げた。痛々しい微笑みがゆっくりと広がる。「何が起こったか、わからなかったでしょう？」

「たしかに少しびっくりした」彼は微笑み返した。「こうもりを逃がしてから、どこから入り込んだのか突き止めたよ。穴にぼろ布を詰めておいた。一時的な処置だが、当分は戻ってこられないはずだ」

「ありがとう」アニーはちょっと黙ってから言った。「だれにも言わないでね。お願い」

「こうもりを怖がっていることを？」

「そう。キャラも知らないの」

「知られてまずいことなのかい？」ピートは不思議そうにきいた。

「わたしは考古学者よ」アニーは答えた。「考古学者の行く先にこうもりはつきもの。こうもりが怖いなんてことを知られたら、同業者たちにどんなにばかにされることか。それにわたしだって、こうもりがいるとわかっていれば大丈夫なのよ。でも急にでくわすと、たちまち九つの子供に戻ってしまうの」

ピートは、ハンサムな顔におかしな半笑いを浮かべてアニーを見ている。アニーは、彼の体の感触をきわめて鮮明に思い出した。どこもかしこも固く、力強い、筋肉質の体。それなのに髪に触れたあの指は、なんと優しかったのだろう……。

「少なくともキャラには打ち明けていてもよさそうなのに」ピートが言った。「きみたちはとても仲がいいみたいだし」

彼と目が合うと、アニーは少し目を細めた。「あなたはどうなの？　だれにも……親友にさえ打ち明けられない深く暗い秘密を持っていないと、正直に言いきれる？」

ピートは笑ったが、その声にユーモアはなかった。「ぼくなんか秘密だらけだ」

「まあ。じゃあ、どれか一つ教えて。それでおあいこよ。あなたは、わたしがこうもりを前にするとまるで意気地なしになることをだれにも言わない。そしてわたしも言わない……あなたがひそかに『ママは太陽』の再放送を欠かさず見ているなんて」

ピートは片方の眉を上げた。「なぜわかった？」

アニーは笑った。「本当に？」

「全部お見通しなんじゃないのか？　いくつ秘密を明かせばいいんだ？」ピートは言い返した。

「一つだけ。わたしが本当に知りたいことがわかる?」

「見当もつかないな」

「あなたの本当の名前が知りたいの」

ピートは息をのんだ。ばれている。なぜばれたんだ?

「ナバホの名前があるんでしょう?」

なんだそういうことかと、ピートは胸をなで下ろした。一瞬、覆面捜査官であることが本当にばれたかと思った……。「ああ」彼はなんとか口にした。

アニーはテーブル越しにピートを見た。彼もこちらを見つめていたが、その顔にいきなりガードがかかり、無表情になった。詮索《せんさく》がすぎたかしら?

「ごめんなさい。言いたくなかったら、いいの」

「ハスティン・ナーターニ」ピートはあまりにも低い、ささやくような声で祖父の言語を口にした。「そういう名前だ」

興味をそそられ、アニーは身を乗り出した。「どういう意味なの?」

ピートは立ち上がった。「うまく訳せない」

「だいたいでいいから」アニーは言った。立ち上がり、もう足がふらつかないことを確かめる。

ピートは振り返り、アニーが大丈夫かどうか確認した。それがアニーにはちっともいやではなかった。いつからこんなふうになったの？　邪魔に思っていたピートの存在が心地よく、安心で、守られていると感じるようになったのは。

「〝平和を唱える男《マン・スピーキング・ピース》〟という意味だ」ピートは唇をゆがめて皮肉っぽい笑みを浮かべると、きびすを返し、キッチンを出ていった。

「すばらしい名前じゃない」アニーはピートのあとについて階段を下りた。「だれがつけたの？　どうしてそんな名前がついたの？」

階段の終わりでピートが立ち止まってアニーに向き直ったため、お互いの鼻がぶつかりそうになった。

「それはまた別の秘密だ」ピートは言った。

二人の距離はキスできるほど近い。ピートにとっては造作もないはずだ。ふと、キスをしてほしいと思っている自分にアニーは気づいた。

だが、ピートは動かなかった。

「電話を貸してくれ」彼は言った。「スティーヴン・マーシャルに連絡して、この家の警報装置を最新のものに変え、三階にも配線し直せるよう、許可をもらう」

アニーは瞬時に怒りを覚えた。でも、かえってよかった。今まで感じていた気持がなんであれ、怒りのほうがましだ。「最新の警報装置なんかいらないわ」きびすを返し、階段を上り始める。「今のままで充分に満足しているんだから」

「では、ぼくが毎晩きみのベッドルームの床で眠るのに慣れることだな」ピートは、アニーに続いてキッチンへ戻った。「動作感知器とレーザーの警報装置を設置するまで、必ずそうさせてもらうぞ」

「もう、いいかげんにしてよ、テイラー。本気でわたしの身が危ないなんて、思っていないんでしょう?」

「ぼくはきみを守るために雇われた」ピートは腕を組んでドアの枠に寄りかかり、冷静に言った。焦茶色の目に見つめられながら、アニーは戸棚からパンを出し、冷蔵庫からピーナッツバターとジャムのびんを取り出した。「ぼくがどう思うかは関係ない」

アニーは食器洗浄機からきれいな皿を一枚取り出して、キッチンテーブルに置き、引き出しからディナーナイフを取り出した。お尻の下に片足を折り込んでテーブルに着き、パンの袋を開けて、厚い全粒粉の黒パンを二枚出す。

「ベッドルームの共有は勘弁してほしいわ」彼女は顔をしかめながら、粒入りのピーナッツバターをパンに塗った。

ピートは、アニーのジャムの塗り方を覚えようとしているみたいに彼女を見つめている。

「おなかはすいていない?」不意に彼女は尋ねた。「サンドイッチはいかが?」

ピートは首を振って、小さな微笑みを口元にのぞかせた。「いや、けっこう。それがきみの夕食かい?」

肩をすくめて彼女は一口食べた。「あなたが信じようと信じまいと、これは健康にいいのよ。ピーナッツバターは塩をちょっと加えただけの自然食品だし、ジャムだって果物だけで作られたもの。パンは自然食品の店で買ったのよ。本当にいらないの?」

「ああ。ぼくは何か配達してもらう」ピートはそっけなく言った。

「この家の三階まで登ってくる人なんているはずがないわ」アニーは口の中のものをのみ込むと、言い張った。「仮になんとか登ったところで、近所の人に見つかって、警察を呼ばれるのがおちよ」

ピートはキッチンに入り、テーブルの向かいに座った。「でも、もし登ってこられたら? そこから家に入り込まれたら? 工芸品は金庫に入っているから安全だ。しかし、きみのベッドルームの鍵《かぎ》は、だれの侵入も防げない」

「自分の面倒くらい、自分でみられるわ」アニーは言った。「わたしだって、無防備じゃないのよ」

「では、きみは自分の身を守れるわけだ」ピートの片方の眉が半ミリ上がった。「研究室にあったプラスチックの銃で。さぞかし効果があるだろうな」

アニーは顔を赤らめながらも、顔中に広がる微笑みを抑えることができなかった。「あれはしかたがなかったのよ。真夜中にいきなり警報が鳴り響いたんだから」

「よし、取り引きをしよう」ピートは言った。「ぼくをこの家から締め出してみたまえ。

警報装置を作動させず、五分以内に家の中に戻ってみせる。成功したら、文句を言わずに最新式の警報装置に変え、安全を確信できるまで、ぼくをきみのベッドルームの床に寝かせることだ」

アニーは、もう一口食べかけていたサンドイッチから口を離した。「五分で戻ってこられるはずがないわ。絶対に無理よ」

「では、契約成立だな」

「もし、できなかったら？」

ピートの焦茶色の目がアニーを温かく見つめている。「きみの望むものを」無表情ながら、気が遠くなるほど思わせぶりな言葉だった。

何を想像しているのよ。アニーはピートから目をそらした。彼はそんなつもりで言ったのではないわ。

アニーはうなずいて立ち上がると、身ぶりで廊下を指した。片手にサンドイッチを持ったまま、ピートに続いて玄関のドアに向かう。ピートはドアを開けると、防風ドアを開く前にアニーを見下ろした。

「ドアに鍵をかけ、警報装置のスイッチを入れろ。それから一階の窓がすべて閉まっているか確認するんだ」

「外の明かりをつけてもいい？」外をちらりと見ると、あたりはもう暗くなっている。

ピートは肩をすくめた。「ご自由に」

そして防風ドアを押し開けた。

彼の姿が闇《やみ》に消えた。

ピーナッツバターとジャムのサンドイッチを口にくわえ、アニーは急いで両手で玄関のドアを閉め、鍵をかけ、警報装置を作動させた。そして外の明かりを、スポットライトにいたるまですべて点灯させ、風格のあるヴィクトリア朝風の家を明るく照らし出した。そしてサンドイッチを食べながら、研究室とオフィスを回り、一階の窓を全部調べた。どこも鍵がかかっている。絶対に入れない。

安心して、アニーは階段を上った。キッチンに行ったら、サンドイッチの残り半分を持って、研究室に下りて――ああ、信じられない！

ピート・テイラーがキッチンのテーブルに着いている。

自分の口があんぐりと開くのがわかった。アニーは腕時計を見た。五分どころか、三分も経《た》っていない。

「どうやったの？」ようやくアニーは言った。

「屋根裏部屋に登って、窓から入った」

「でも――」

「ぼくが正しいとわかったろう。さて、電話を貸してもらえるかな？」

アニーは青い目に困惑を浮かべてピートを見つめた。「こんなにすばやく……あそこに登ったの？　そんなに簡単なの？」

「そう」ピートの目から笑いが消えた。「簡単だ」

アニーは目をそらし、考え込むように眉根を寄せたまま、うなずいた。そしてもう一度ピートの目を見て、うなずいた。「オフィスの電話を使って」

ピートは立ち上がった。

「あなたはクライマーなのね？」

「ああ」

「触れたことがある？　空に？」

彼は微笑んだ。「まだだ」

アニーは暗闇で横になったまま、ピート・テイラーのほうに耳を澄ませていた。

何も聞こえない。

身動きする音も、息の音も、何も聞こえない。

でも、そこにいるのはわかっている。電気を消したとき、バスルームの横の壁際で寝袋の上に横になっていたのだから。

「テイラー……起きている？」とうとうアニーはささやいた。

「ああ」

「なんだか変な気分だわ。カレッジに入学して、まだよく知らないルームメートと初めての夜を過ごしたときみたい」

　寝袋に横たわったピートの耳に、シーツがこすれる音が聞こえ、アニーがベッドの上で体を起こしたのがわかった。

「でも、その夜は眠らなかったの。夜明けまでおしゃべりしていて。徹夜したのはあれが初めてよ」

　アニーはしばらく黙ってから尋ねた。

「徹夜したことはある、テイラー？」

　ベトナムでは、いつも徹夜していた。二十四時間眠らないくらい、なんでもない。七十八時間におよぶこともしょっちゅうで、カフェインとニコチンだけで生き延びた。だが、ピート・テイラーはベトナムではなく、ニューヨーク大学に行ったことになっている。

「あるよ」ピートは穏やかに答えた。うそにはなっていないだろう？

「仕事上、今でもよく徹夜するんでしょうね」

「ああ」ピートは同意した。これは真実に近い。

「誕生日はいつ？」

「二月六日」

「好きな色は？」

しばし考え込んでから、彼はようやく〝青〟と答えた。そう、青。空と海の色。そしてアニーの目の色……。

「わたしは赤」アニーが言った。「好きな歌手は？」

ピートは闇の中で首を振った。「いないな。近ごろ、音楽はあまり聴かないから。昔はよくビートルズを聴いたが……」

「知らせるのは酷だけど、ビートルズは解散したわよ」

ピートの笑い声が闇に響いた。「音楽を聴かないといっても、ニュースを知らないわけではないよ」

「子供のころ、大きくなったら何になりたかったの？」

彼はしばらく黙っていた。「正直に？」

「もちろん」

「聖職者になりたかった」

ほかの人なら笑っただろうが、アニーは笑わなかった。「それでどうしたの？」

ピートは体を起こし、壁に寄りかかって座った。闇の中、姿はほとんど見えないが、それでも彼の静かな力が部屋ににじみ出ているようだ。

「聖職者はいろいろ制約されるとわかってね」ピートの声は笑いを含んでいた。「それで目標を変えた……大統領になろうと思ったんだ」

「アメリカ合衆国の？」

「そう」

ピートが微笑んで、白い歯がきらめくのが見えた。アニーはもう一度横になった。ピートを見ていてはいけない。自分の体の反応が怖い。

「きみは？」ピートが尋ねた。「きみはずっと考古学者になりたかったんだろう？」

「そうでもないわ」アニーは頭の後ろで指を組み、暗い天井を見つめた。「八歳のとき、数カ月間ニューヨークに戻って、そのとき初めて気づいたの。普通の子は、旅行かばん一つでテントで暮らしたりしない。普通の子は、五カ国語をしゃべったり、猿をペットにしたりしないのだと。それでわたしは、いわゆる〝テレビみたいな普通〟に憧《あこが》れを募らせたのよ。大きくなったら絶対にミセス・ブレディになりたかったの」

「あの『ゆかいなブレディ家』のお母さんのことかい？」

「当たり。郊外の家で、たくさんの子供に囲まれて……」

「それにアリスという名のメイドがいて」ピートが言った。

アニーは笑った。「両親には幸いなことに、『ゆかいなブレディ家』みたいな暮らしへの熱は数カ月で冷めたの。そのあとはたしか宇宙飛行士に憧れたんだわ。そうそう、ギリシアに引っ越して『スタートレック』の再上映を見たせいよ。わたし、〝転送してくれ、スコッティ〟って七カ国語で言えるのよ」

「すごいな」

「ありがとう。わたし、テレビや映画に影響されやすいの。実は今でもそうなのよ。この間、『ア・フュー・グッドメン』を見たら、学校へ戻って弁護士になりたくなってしまったわ」

ピートはまた笑った。「人生の大転換だな」

「郊外の主婦を目指すほうがよっぽど大転換よ」

二人ともしばらく黙っていたが、アニーが口を開いた。

「もちろん空想よ。だって、わたしは自分の仕事が好き。本当に好きなの。わたしにとってこれは、仕事というよりも遊びなんだから。でもつい考えてしまうの。ほかの仕事についていたらどうなっていたかしらって」

アニーは再び少し黙ってから尋ねた。

「自分の仕事が好き、テイラー?」

ピートは答えなかった。答えることができない。ああ、ピート・テイラーは自分の仕事が好きだ。大好きだ。アニー・モローと一緒に暗闇に横たわり、話をしながら、彼女を好きだと感じ、彼女のことをもっと知りたいと思う、そんな仕事が。

でも、ぼくはピート・テイラーではない。ケンダル・ピーターソンだ。この女性をスパイし、秘密を暴き、信頼を裏切るために送り込まれた。そしてケンダル・ピーターソンは、生まれてこのかた、これほど自分の仕事を嫌悪したことはなかった。

6

午前中はあっという間に過ぎた。アニーは検査器具から何時間ぶりかで目を上げて背筋を伸ばした。ピートと目が合ったので微笑《ほほえ》みかける。微笑みは返ってこなかったが、別にかまわない。期待していたわけではないのだから。かわりに彼は、アニーが貸したウォークマンのヘッドホンをはずし、ボタンを押して、聴いていたテープを止めた。

「ランチタイムよ」アニーは言った。

「それは、ちゃんと食べるということかい？」ピートはかすかに眉を上げて尋ねた。「それとも、朝食のときと同じように紅茶のマグを顔の前で揺らしているだけ？」

アニーの微笑みが大きな笑みに変わった。「おなかがぺこぺこなの」彼女は白状した。「今のうちにちゃんと食べたほうがよさそうね。でも、まずオフィスに寄ってファックスが来ていないかチェックして、午前中に取らなかった電話全部に返事をしなければ」

ピートはアニーについて廊下を歩いていった。

「頭がおかしくなるわよ。朝からずっと座ったまま、わたしを見ているだけなんて。退屈じゃない？」

その反対だ、とピートは思った。アニーのテープのコレクションを聴きながら、彼女を見ているだけで充分楽しかった。バッハから〈スピン・ドクターズ〉というバンドまで、ありとあらゆる音楽を聴き、そのどれもが気に入った。音楽を聴く時間が持てたのは久しぶりのことだ。アニーのヘッドホンは部屋の雑音を遮断しない。だから、周りで起こっていることを把握できて安心だった。

それに、アニーを見ているのは決して退屈ではなかった。座っていても彼女には動きがある。足を絶えず揺らしたり、鉛筆をとんとんたたいたり、指を動かしたり。とくに、彼女の色あせたジーンズの小さなほころびをすべて記憶するのは楽しかった。左の腰のあたりに縫い目のほどけかけた箇所があったな……。

今日は日曜日で、キャラは一日ジェリーとデートだ。そのせいで朝からずっと留守番電話になっている。アニーはメッセージの再生ボタンを押してからファックスのところへ行った。何か来ている。用紙を切り取って目を通しながらメッセージを聞いた。

知らない名前の人物から三件。そのあとニックから、電話をくれというメッセージが入っていた。きっと新しい獲物を見つけて、何をおいても大至急鑑定が必要なのに違いない。それにもちろん、旧友のよしみで無料にさせるつもりだ。ニックはクライアントではないが、いつも何か仕事を持ち込んでくる。きっと否応《いやおう》なく仕事を引き受けさせて、鑑定の間は夜遅くても付き合うとか、ワインやディナーの約束で、わたしを言いくるめるつもりなのだ……。

それから、今アニーが手がけている銅器のバイヤー兼販売人からと、ほかのクライアントから五件のメッセージが入っていた。

アニーは最初にかけてきたクライアントに電話をかけ、挨拶《あいさつ》をしたあと、向こうの質問に十分間耳を傾けていた。彼が売ろうとしている器に関して書いた最新レポートについての質問だった。

昼食どきにはつらい長電話だ。

アニーのおなかがぐうぐう鳴った。「ちょっと待っていただけます?」そう断って保留ボタンを押す。彼女はピートを見上げた。「悪いけど、頼まれてくれる? キッチンからパンとピーナッツバター、ジャム、それにお皿とナイフを持ってきてほしいの」

「それよりも」ピートは言った。「サンドイッチを作ってあげるよ」

「そんなことはしなくていいのよ」アニーは驚いて言った。

「いいんだよ」彼は微笑んだ。「それに、だれにでもするわけじゃない。本当だ」

でも、わたしにはしてくれるのだ、と思うと背筋がぞくぞくする。アニーは彼の焦茶色の目を見つめた。

ピートはドアを開けて出ていったが、最後の最後までアニーから目を離さなかった。彼女はクライアントとの話を再開しながら、ピートの足音が階段に響くのを聞いていた。腕時計を見る。十二時四十五分だ。夜の来るのが待ち遠しい――ベッドルームに鍵《かぎ》をかけ、ピート・テイラーと過ごす時が。

十分後、アニーは受話器をじっと見つめていた。一件はすんだが、まだあと五件ある。深く息を吸い込んで、壁のカレンダーに目をやった。十月。まだ十月。この調子で本当に十二月までもつのかしら？

一瞬、窓際で何かが動くのが目の端をかすめ、アニーは振り返った。

いったい何……？

窓のすぐ外に何かがぶら下がっている。何か赤いものが……。

動物の死骸《しがい》だ。

死んですっかり皮をはぎ取られた動物が、むごたらしく木からぶら下がっている。そして何者かがさっと走り去るのがアニーの目に入った。

「ピート！」彼女は叫んで椅子から飛び出すと、急いで窓に駆け寄った。外にいた人影は、家の角を曲がって横手に消えていった。黒い革のジャケットしか見えなかった。「テイラー！」

アニーが正面のドアに駆け寄ると、ピートはすでに階段下にいて、普通ならもっと小柄で締まった体型の男性が持っている敏捷《びんしょう》さで彼女のほうに向かって走ってくるところだった。ピートはアニーをなぎ倒さないように、彼女を抱き止めながら、つるつるする硬材の床を横滑りして止まった。

「何があった?」

「外にだれかいたの」アニーはあえぐように答えた。「早く! 今なら捕まえられるかもしれないわ」

「ここにいろ」ピートは命じると、ドアのほうへ駆けだした。ショルダー・ホルスターから拳銃《けんじゅう》を抜き、午後の冷たい空気の中へ出ていく。小道には、何者かが家から逃げる際につけた足跡がついていた。その小道は背の高い防風林を越えて、まっすぐに隣家の庭につながっている。

ピートは足早に林に近寄り、中をのぞき込んだ。向こうの庭はがらんとしている――人の気配はない。ピートは家のほうを振り返った。アニーを無防備なまま一人にしておきたくない。これがもし、ぼくを家とアニーから引き離すために仕掛けられた罠《わな》だったとしたら?

アニーが玄関ポーチに出てくるのを見て、ピートはかっとなった。彼女のほうへ急いで駆け寄る。「中にいろといったはずだ」彼は冷たく言い放った。だが、アニーの顔に表れた表情を見た瞬間、怒りは消えていった。

「ごめんなさい」アニーが言った。青い瞳がいつもより大きく見開かれている。「わたし、あの、家の中に一人でいるのが怖かったの」

ピートは拳銃をホルスターに収めた。「おいで。ここは寒い。中に戻ろう」

だが、アニーは毅然《きぜん》として家の裏手に回った。「あれを切り落とさないと。あのままにしておけないわ」

ピートはけげんに思いながらアニーのあとをついていったが、木からぶら下がっている動物を見ると、ぎょっとして立ち止まった。

「うさぎだと思うわ」アニーはごくりと唾《つば》をのみ込んだ。「ナイフを持っている?」

「待て。切り落としてはいけない」

「どうして?」

「これは証拠だ」彼は答えた。

皮をはがれた生き物を見つめ、アニーは突然あふれてきた涙をまばたきで押し戻した。

「オフィスの窓からすぐ見えるところにぶら下がっているのよ」

「ぼくがFBIに連絡する」彼の口調は優しかった。「アニー、こういうことは型どおりにやらなくてはいけないんだ」

「どっちもつらいわ」アニーは涙をさっとぬぐおうとしたが、その前に一粒頬を伝っていった。「あんなものを吊《つ》り下げられるのも、切り落としたいのに、そうできないのも」

「すまない」ピートは言って、彼女のほうへ一歩踏み出した。

だがアニーは彼を押しのけて、家の中に戻ってしまった。

ピートはあとを追って研究室に戻ったが、アニーは彼をまったく無視して、やりかけの仕事に没頭していた。

彼はオフィスに行くとＦＢＩに電話をかけ、アニーのためにサンドイッチを作って持っていった。

サンドイッチはカウンターの上に置かれたまま、ずっと手をつけられることはなかった。

アニーは目を閉じて、バスタブにつかっていた。熱かった湯も冷めてぬるくなり、湯を少し抜いて熱いのと入れ替えようかと思っているときにバスルームのドアをノックする音がした。

「大丈夫かい？」ピートのハスキーな声が尋ねた。

「ええ。すぐに上がるわ」

「ごゆっくり」

五分後にバスルームのドアが開き、アニーが格子縞《こうしじま》のパジャマを着て出てきた。

「ドアに鍵をかけてもいいかな？」ピートは尋ねた。

アニーはうなずいて、つやつやした髪をとかしながら、ベッドにあぐらをかいて座った。

「動作感知器を設置するのにどれぐらい時間がかかるの？」

「うまくいけば二日後には設置される」

アニーはうなずいた。

ピートはバスルームに入ると、ドアを開けたまま手早く体を洗った。こうしておけば、アニーが彼を呼んでもすぐにわかる。バスルームには彼女の香りが漂っていた――すがすがしくて甘い香りだった。

バスルームの明かりを消すと、彼はベッドルームに戻った。そして寝袋の上に座って壁にもたれた。

ピートが見ていると、アニーはヘアブラシをベッドサイドの小さなテーブルに置き、明かりを消した。

真っ暗だ。

ピートは目が暗がりに慣れるのを辛抱強く待った。暗闇《くらやみ》のおかげでアニーに見られることなく、Tシャツとジーンズを脱ぐことができた。ゆうべは服を着たまま寝たせいで、暑くて目が覚めてしまったのだ。枕《まくら》に頭をのせると、アニーが寝返りを打ってシーツがこすれる音が聞こえてきた。

それからしばらく沈黙が続いたあと、アニーの声が聞こえてきた。「テイラー、起きている?」

ピートは闇の中で微笑んだ。「ああ」

「不思議だったんだけど……」

「何が？」

「あなたの休みはいつなの？」アニーは尋ねた。

「休みはない。この仕事が終わるまでは」

「それって少しきつくないの？　昼も夜もずっとわたしを見張っていて。消耗するんじゃない？」

「いや」

ピートがきっぱり言うからには、アニーは彼を信じるしかなかった。「あなたの仕事って、いつもこうなの？　つまり二十四時間労働なの？　あなたの社交生活はどうなっているの？」

「社交生活なんかない」

「それでいいの？」アニーは尋ねた。

ピートはしばらく黙っていた。「ああ、そう思う。きみはどうなんだ？　きみも働きづめじゃないか」

「わたしには社交生活があるわ」彼女は身構えて言った。「いろいろな場所に……行ったり、いろいろなことを……したり」

アニーは暗い天井に向かって眉をひそめた。最後にデートをしたのはいつだったかしら。

ニックがこの前来たときだ。ニックは町の小さなイタリアンレストランへアニーを連れていき、食事のあとホテルに一緒に来るように説得しようとした。今思えばワインを飲みすぎたのかもしれない。危うく彼に屈しそうになったぐらいだから……。

「アニー、今日の午後のことは謝るよ」母音を引きずる西部なまりがかすかに残るピートの低い声を聞くと、ニックのことなどすっかりアニーの頭から消えてしまった。「違った対処のしかたがあったらよかったんだが」

「あなたのせいじゃないわ」アニーは疲れたような声で言った。

「ああ、しかし願わくは……」ピートの声は消えていった。ああ、こんな捜査方法でなければよかったのに。アニーがこんなに感じよく、ユーモアがあって、うっとりするほど魅力的な女性でなければよかったのに。

部屋の向こうでアニーが起き上がる音がした。「何を願っているの？」

ピートはアニーがベッドから出てこちらへ来るのではないかと不安になり、両肘をついて起き上がった。そんなことになったら一巻の終わりだ。もし、アニーに触れられでもしたら、火がついて燃え上がってしまう。

「何を願っているの？」アニーがもう一度尋ねた。物音がする。ベッドの足元に下りてこようとしているらしい。そこからなら暗闇をのぞき込めば、こちらの姿が見えるはずだ。

「いろいろありすぎる」ピートは言った。「寝るんだ、アニー」

物音がやんだ。

彼は祈った。祖父が信仰していた神々にまで祈った。お願いですから、これ以上ぼくに誘惑を仕掛けないでください……。

しばらく沈黙が続いた。

アニーがきれぎれに毒づく声が闇の中から聞こえてきた。「眠れないわ。体は疲れているけど、頭は冴《さ》えたままなの。明日は早起きしないといけないのに――」

「目は閉じているかい？」ピートは尋ねた。

「ええと、そうでもないわね――」

「目を閉じるんだ」彼は言い返す余地のないきっぱりした声で言った。「リラックスする方法を教えてあげるよ。いいかい？」

「いいわ」アニーはけげんそうに答えた。「でも、そういうのはやったことがあるけど、効果はないわよ」

「これは効果がある。お気に入りの場所はあるかい？　そこへ行くと心身ともに安らげる場所が」

アニーは目を細めて天井を見上げながら思案した。「モニュメント・ヴァレーだわ。大好きな場所よ。夕日がすごくきれいなの。あ、でも夕ヒチのビーチのほうが上かもしれないわ。すばらしいのよ」彼女は起き上がった。

「アニー」

「何？」

「横になるんだ」

枕に頭をのせて、アニーはシーツと上掛けを顎の下まで引き寄せた。

「ぼくの好きな場所を話すから。目を閉じるんだ。それに、口も。そうでないと効果がない」

アニーは素直に口を閉じた。

「ぼくの好きな場所はビーチだ」ピートは言った。「タヒチじゃないが、太平洋にある。いつもそこへ行くときには疲れて、暑くて、汚れている。だから、まずするのはブーツを脱いで真っ青な水の中に歩いて入っていくことだ」ピートは頭の中でベトナムのジャングルから出てきて、血や死臭を海の中で洗い落としていた。「自分がそうするところを想像するんだ。水の中で、今日あったことをすべて洗い流すんだ。きみは海の中にいて朝日を背にしている。海は穏やかで、優しい波がきみの体を持ち上げる。遠く水平線に目をやると、見渡すかぎり、そこは一面の青い海だ」

アニーは目を閉じて闇の中に横たわり、ピートの柔らかい声が波のように打ち寄せるのを聞いていた。

「きみは水から上がる」ピートは話し続けた。「そして、ビーチに戻る。砂がきめ細かく、柔らかく、熱く足の裏に触れる。本当にいい気持だ。ブランケットを広げてあり、きみはその上に横になる。暖かい日で、太陽が顔に当たって気持がいい。ビーチを見渡しても、きみ以外だれもいない。そして、きみは濡《ぬ》れた服を脱ぎ捨てる」

ピートは一瞬、言葉に詰まった。アニーが裸でビーチに寝そべっている映像が頭から離れない。くそっ、これじゃリラックスどころではない……。

「きみはもう一度ブランケットに横になり、肌に当たる熱い太陽の光を感じる。目を閉じて、波の音や海鳥の鳴き声に耳を傾ける。そしてすっかりくつろぎ、体が浮いているように感じる……」

アニーがゆっくりと規則正しい寝息をたてるのが聞こえてくると、ピートは話すのをやめた。

彼女はぼくを信頼している。あと数日、夜をこうして過ごしてから、アテネで彼女が何をしたのかきいてみよう――だれと話し、どこへ行ったのか。

だが、アニーが陰謀のたぐいに関《かか》わるとは思えない。ピートは笑顔になった。彼女はうそをつけるような人間ではない。あと数晩すれば、確かめられる……。

朝になってピートは、アニーがシャワーを浴びている間にホイットリー・スコットに電話をかけた。

「話せるのか?」スコットは尋ねた。

「三分くらいなら」ピートは答えた。オフィスの戸口に立ってアニーのたてる音に耳を澄ませ、長い廊下を見渡してキャラが来ないか注意していた。「動作感知器の設置を延期してほしい。警報装置の設置業者からアニーに電話させて、装置が届くのに少なくとも一週間はかかると言わせてくれ」

「了解」

「何かわかったか?」ピートは尋ねた。

「電話のことか?」

「それに、石が窓から投げ入れられたこと。車の狼《おおかみ》男、吊《つる》されていた動物の死骸——」

「わかった、わかった」スコットがさえぎった。「まだたいしたことはわかっていない。目下の関心事じゃないからな」

「優先順位をもう少し上げてくれ」ピートは言い返す余地のない強い口調で言った。

だが、スコットはなんとか切り返した。「例の頭のおかしな連中を知っているだろう。あいつらのだれか、という可能性もある。悪ふざけ程度の脅しを調査するほどの人手がないんだ——」

「悪ふざけじゃない」ピートはぶっきらぼうに言った。「すぐにチームを編成して対処してくれ」

沈黙。ホイットリー・スコットは命令されるのが嫌いだった。だが、ピートは辛抱強く待ち、スコットはついに腹立たしそうなため息をついた。「できるかぎりのことはしてみよう。で、そっちはどうなっているんだ？　モローとはデートしたか？」

「こっちを信用し始めている。友達だと思い始めたようだ」

「友達とはなんだ、ピート？　彼女を誘惑して、おまえを求めて叫ばせてみろ。女は自分が寝た男を信用するものだ。そうすれば、洗いざらいおまえに話すさ」

「もう切らなくては」ピートはそっけなく言ったが、まだ水がこの家の古い配水管を流れている音は聞こえていたし、キャラが現れる気配もなかった。電話を切っても、スコットの言葉が頭の中にこだましていた。

アニーのデスクの前にどさりと腰を下ろすと、凝った首と肩を揉《も》みほぐした。皮肉なものだ。もし自分が本当に単なる彼女のボディガードで、不純な動機、つまり秘密任務がなければ、もっと前にアニーのベッドにもぐり込む努力をしていただろう。

人生はあまりにも奇妙すぎる。

「ねえ」キャラの声がして、アニーの集中力はさえぎられた。「あなたに電話なんだけど、出たほうがいいと思うわ。警報装置の業者からよ」

アニーは検査器具から目を上げ、こわばった肩と背中を伸ばし、つりそうな首の筋を片手でほぐした。「ありがとう。ここで受けるわ」

アニーはドアの横の壁にかかった研究室用の白い電話のほうへ行った。

「アン・モローです」

「ちょっと都合がつかなくなりましてね」強いニューヨークなまりがある男は、ピートが動作感知器を取りつけるよう電話した警報装置の会社の社長だと名乗ったあと、そう説明した。「作業員をお宅によこせるのは早くても来週になります」

「まあ、なんですって」アニーは唇を噛《か》んだ。「今日来るはずだったじゃない」

「すみません」男は言ったが、さほどすまなさそうでもない。「忙しい時期なんです。ハロウィーンですから。ほかの警報装置会社に当たっていただいてもいいですが、同じですよ。どこも注文が殺到していますからね」

アニーは窓の外の深まるたそがれに目をやった。あと一週間半、ピートはわたしのベッドルームで寝るのだ。けれど、それを知っても数日前ほど気持が動揺しないのはなぜだろう？

「お名前を注文リストに残しておきますか？」男は尋ねた。

「ええ」アニーは言った。「どうも。お電話ありがとう」

ゆっくり受話器を下ろすと、ピートに電話のことを伝えた。彼はいつものように表情を変えずに聞いていた。がっかりしているのかしら？　喜んでいるの？　アニーにはわからなくなり始めていた。

「休憩にしない？」キャラが研究室に戻ってきて明るく尋ねた。「いい時間よ。今日の午後はずっと働きづめだったじゃない。わたしのほうは、このひどい偽物の銅器のデータを全部入力し終わったから、祝杯をあげる用意は万端よ」

「いつでも祝杯をあげる用意があるくせに」アニーは微笑んだ。

「ええ、でも今日は理由があるの」キャラは言った。「ジェリーがもうすぐ来るのよ。みんなで一緒に中華料理を食べに行かない？」

アニーはピートを見た。「どうかしら、テイラー？　あなたは行きたい？」

「どこへでもお供しますよ」

「わかっているわ」アニーはいらいらして言った。「あなた自身が行きたいか、きいているの」

ピートはすりきれたカウボーイ・ブーツを履いた足をスツールから下ろして立ち上がった。「行きたいね」そう言って満面の笑みを浮かべ、アニーの目をじっと見つめた。

ジェリーが南アメリカであげた手柄について、料理の残飯で散らかったテーブル越しに武勇伝を披露している間、アニーはピートを見つめていた。ウェイターたちがテーブルを片づけ始めると、ピートはアニーの顔を見て微笑みかけた。彼女はまた温かい愛情がほとばしるのを感じて、目をそらすしかなかった。

これはデートなんかじゃないのよ。その夜、アニーは何度も自分に言い聞かせた。ピートはわたしのボディガードだ。ピートの目がときに、はっと息をのむほど情熱に燃えているのは事実だが、彼がここにいるのは単にわたしを守るためなのだ。

「今夜はずいぶん無口なんだね」ジェリーがアニーに言った。「それに、ほとんど料理に手をつけていない。何かあったのかい？」

アニーはジェリーとキャラの座り方からして、テーブルの下で手をつないでいることを見抜いていた。キャラはとても幸せそうだ。

「今週はさんざんだったのよ」キャラがかわりに答えた。「二日間仕事を休んで、古い〝スタンド・アゲインスト・ザ・ストーム〟のデスマスクをイギリスまで取りに行って、帰国したら税関を通るときにＦＢＩ捜査官と一悶着《ひともんちゃく》あったのよ」

「どうしてだ？」ジェリーは尋ねた。「今度はどんな仕事をしているんだい？」

「〈イングリッシュ・ギャラリー〉でそれを受け取ったあと、ギャラリーが爆弾強盗に遭ったの」アニーは言った。

「冗談だろう？」ジェリーは面食らって尋ねた。

「こんなこと、冗談で言わないわ」彼女は暗い声で言った。

「そりゃ、よっぽど運が悪かったたな」ジェリーは、首を横に振った。「しばらく国内にいたほうがいいかもしれない。また同じような偶然があるかもしれないし――」

「おかまいなく」アニーは目に怒りの色を浮かべた。「わたしの仕事は世界中を飛び回ることが必要なのよ。そんなことに負けて生き方を変えるつもりはないわ」

「もう少しアテネの事件に協力的になるべきだったのかもしれないな」ジェリーは眉根を寄せて言った。

「あれ以上どう協力的になれというの？」アニーは語気を強めた。「自白書にサインしろとでも？」そしてピートのほうを向いた。「もう行きましょう。今夜中にやらなくてはならない仕事があるの」

「アニーって休んだことはあるのかい？」ジェリーがピートに尋ね、アニーに向き直った。「きみはずいぶんはぶりがよさそうだね。ぼくの最新プロジェクトに資金提供をお願いしたいものだ。メキシコである遺跡を発見したんだけど――」

「ええ、知っているわ！　今週はもう五千回も聞かされたわよ」

「きみだって興味があるはずだ。一緒に来てもいいんだよ」ジェリーはちらりとキャラのほうを見て付け加えた。「きみも」

「おもしろそうね」アニーは言った。「でも、本当にお金はないの」

ウェイターが勘定書を持ってきたので、アニーはそれを取ろうとしたが、最初につかんだのはピートだった。「今夜はミスター・マーシャルのおごりだ」ピートは笑顔で言った。

「それは、ごちそうさま」ジェリーがにやりとした。

アニーはピートが勘定書を会計係のところへ持っていくのを見守った。立ち上がって、ジャケットをはおる。ピートの革のジャケットが椅子にかかったままなので、彼女はそれを取り上げた。まあ、なんて重いの。「お二人さん、また明日」そう言って、キャラに〝楽しくやってね〟という意味を込めて大げさなウィンクを送った。

ピートはドアのところでアニーを迎え、ジャケットを受け取った。「どうも」

「ポケットに何を入れているの？」彼女は暖かいレストランをあとにして歩道に出ると、尋ねた。「あなたのジャケット、すごく重いわ」

「これは鎧《よろい》だよ」ピートは言った。飛んでくる銃弾の前に身を投げ出さなければならない事態に備えてね」

アニーは笑い声をあげた。

「冗談じゃないよ。これは防弾ジャケットなんだ」

ピートは角の街灯のぼんやりした明かりの中でアニーをじっと見つめた。その目は優しく、温かみがあり、輝いている。ほかの男性がこんなふうにアニーを見つめるときは、絶対といっていいほど彼女にキスしようとするときだった。だが、ピート・テイラーは違った。彼は視線をはずし、地面を見つめると、二歩大きくあとずさってアニーから離れた。

アニーは憤りを隠して向きを変えた。二人は黙ったままピートの車のほうへ歩きだした。

7

アニーはオフィスの椅子の背にジャケットをかけ、留守番電話の再生ボタンを押した。テープから最初に聞こえてきたのはニックの声だった。

「かわいいアニー」ニックはきっちりしたイギリスのアクセントで言った。「きみのかわりに、きみの留守番電話を美術館のパーティに連れていこうかと思い始めているよ。いったいどこにいるんだい？　マクリーシュの話じゃ、きみは忙しいらしいけど、前はぼくのためなら時間を割いてくれたじゃないか。どうしたんだ？　電話をくれ」

ピートはいつもの体勢で戸口にもたれていた。

「ニック・ヨークからよ」アニーはピートに告げた。

「そのようだね。どうして電話しないんだ？」

アニーはため息をついて、いったんテープを止めた。「彼はわたしに鑑定を頼むつもりだからよ。小さなものでもニックにとっては考古学上価値がある出土品の鑑定をね。ほんの簡単な仕事だって彼は言うわ。二、三時間ですむからって。なんとか引き受けられないことともない」再びため息をつく。「でも、今回は本当に時間がないの。だから、避けたほうが無難というわけ」彼女はピートの目を見つめて痛々しい笑みを浮かべた。「自分でも臆病《おくびょう》な逃げ方だとわかっているわ。それに、遅かれ早かれ彼にはつかまるでしょうしね。少なくとも近代美術館の募金パーティで」

ピートは表情を変えずにいたが、ニックの声を聞いて一瞬感じた嫉妬《しっと》心が顔に表れていないか不安だった。

彼は咳払《せきばら》いをした。「ほかにはどんなメッセージが？」留守番電話のほうを顎でしゃくる。

アニーは再びテープを流した。

もう一件のメッセージはウェストチェスター考古学協会からのもので、二、三カ月後にモロー博士がお手すきであれば、協会の月例集会で講義を行ってほしいという依頼だった。

「お手すき、ね」アニーは笑った。「わかっていないわね……」

受話器を下ろす音が四回したあと、声が聞こえてきた。

「スタンド・アゲインスト・ザ・ストームの代理人だが」アニーはさっとピートに視線を送った。ピートはぴくりともしなかったが、瞬時に緊張感をみなぎらせた。「デスマスクを手放すんだ」男は穏やかともいえる声で告げた。「ナバホの人々に返せ。これは、おまえのために言っているんだ。もし、マスクに触りでもしたら、マスクの中の悪霊が甦《よみがえ》るだろう。触るな、手に取るな……さもなければ、悪霊のたたりを覚悟することだな。さらなる指示を待て」

かちっと音がして、留守番電話は二度電子音を響かせ、これ以上メッセージがないことを知らせると停止した。

アニーがじっとデスクの前に座ったままなので、ピートには壁掛け時計の秒針が文字盤をぎこちなく動く音が聞こえるぐらいだった。だが、アニーは衝動を抑えきれないというように突然立ち上がると、ピートを押しのけて部屋から廊下に出ていった。ピートがあとを追って研究室に入っていくと、アニーは天井の明るいライトをつけ、まっすぐに大きな金庫の前へ行った。

ダイヤル式のロックを数回すばやく回すと、重い扉が勢いよく開いた。黙ったままアニーは、イギリスから持ち帰った重い梱包《こんぽう》用の木箱を広い検査用カウンターに運んだ。そして、カウンターの上に箱を置くと、キャビネットの引き出しの一つからハンマーを取り出した。

「ねえ」アニーは冷静に言った。「これがこんなにもわたしを悩ませているのに、まだ一度もちゃんと見たことがなかったのよ」

彼女は二またに分かれたハンマーの端を使って木箱のふたをこじ開けてはずした。箱には梱包材の発泡スチロールの玉が詰められていた。梱包材をかき分けると、十五センチほど下からデスマスクの表面が見えてきた。アニーは箱の梱包材がこぼれないように気をつけながら、それを取り出した。

デスマスクは何層もの衝撃吸収材で覆われていた。それをはがすと、柔らかい布に包まれたマスクが出てきた。アニーは布をていねいにはずしてカウンターに敷くと、デスマスクをその上に置いた。

みごとだわ。輝く黄金のスタンド・アゲインスト・ザ・ストームの顔が目の前にある。しわの一本一本、老人の顔のたるんだ筋肉の一つ一つが、彼の死の直後に行われた鋳造によって永遠に刻みつけられている。両目は閉じられ、とても疲れて悲しそうだ。

アニーは目を上げてピートを見た。「死者のたたりね」そう言ってデスマスクを取り上げ、冷たい金属を両手でしっかりつかんだ。何も起こらなかった。たちまち稲妻に打たれるわけでも、奇声をあげる悪霊の集団に襲われるわけでもなかった。

彼女はデスマスクを部屋の反対側に持っていった。そこには大きな拡大鏡が蛇腹式のアームでカウンターに固定されている。アニーはさらに明るいライトをつけ、デスマスクを拡大鏡の下に置くと、マスクを詳しく観察した。

ピートはスツールに座り、じっと見守った。アニーはしばらく拡大鏡をデスマスクの上でゆっくり移動させながら鋳造記号を調べていた。そしてやっと顔を上げると彼を見た。

「本物かい？」ピートは尋ねた。

アニーは答えなかった。そのかわり、デスマスクを口のところに持っていくと、舌でなめた。アニーはピートが驚いて眉を上げるのを見て、にやりとした。「ええ、少なくとも金は本物ね」

「本物かどうか、味でわかるのかい？」

彼女はうなずいた。「わかるわ」

「ここの研究室には最先端の機器がそろっているのに、最後は舌に頼るってわけだ」

「これはただの予備検査よ」アニーは言った。「もっと時間のあるときは、ちゃんとした金属成分表を作るわ。でも、最終的な結論は放射性炭素年代測定法で出すしかないわね」

「なぜだい？」

「鋳造記号はすべて十九世紀にイギリスで作られたものと似ている。でも、書面の記録がないと——領収書とか販売明細書とか何か実証するものよ——これが先月リヴァプールで作られたものでないことを確定できるのは放射性炭素年代測定法しかないの」

ピートは前かがみになり、近づいてよく見てみた。「それで、検査にどれぐらい時間がかかるんだ？」

アニーが振り返ると、もう少しでピートの鼻と自分の鼻がぶつかりそうになった。近くで見る彼の目は美しかった。すばらしく整った形で、濃く黒いまつげで囲まれている。

彼女は唾《つば》をのみ、乾いた唇を舌の先で湿らせた。「今、検査を始めても、結果が出るまでに何週間もかかるわね。放射性炭素年代測定法は外注で頼まなければならないの」

ピートの焦茶色の目に一瞬安堵《あんど》の光が浮かび、アニーは胸がどきりとした。ピートはうれしいのだ。もうしばらく、ここにいたいと思っているのだ。前にも増して、アニーはピートにキスしてほしくなった。キスして、と彼の目を見つめながら思い、わたしの心を読んでくれたらいいのにと願った。

だが、ピートは動かなかった。

自分のほうから行動しなければいけないのだ。アニーはさとった。自分からキスしなければ。目をそらし、勇気を振り絞った。最悪でも、ピートに笑われるぐらいじゃない？　だったら、やるべきよ……。

ピートが怒ったようにスツールを押しやって立ち上がった。

しまった、とアニーは思った。チャンスを逃した。わたしが何か悪いことをしたのかしら。ピートに興味を持っていることがあからさまだった？　部屋で一緒になるたびに二人の間に散る愛情の火花を消そうとする理由が、ピートにはあるのかもしれない。もしかしたら、だれかほかに恋人がいるのかもしれない……。

アニーはベッドサイドテーブルの明かりを消し、さっきバスルームで歯を磨いているときに達した結論に従おうと決意していた。この人を追いかけるのはやめよう。わたしは彼に興味があることを見せてしまった。もちろんそれとなくだけれど、ピート・テイラーは頭がいいから勘づいている。それに応《こた》えるか、無視するかはピートの問題だ。

そして明らかにピートは〝無視する〟ほうを選んだのだ。

こうなってはピートと明け方近くまで話し合ってもアニーにはなんの得もなかった。これ以上ピートと秘密を分け合っても、彼に恋心を抱いてもしかたがない。

アニーは暗闇《くらやみ》の中で黙って横たわりながら、手遅れでないことを祈っていた。

時間だけが過ぎていった。長く果てのない時間の中でアニーは明日やらなくてはならない仕事を整理し、優先順位をつけようとした。それから、知っているかぎり〝アイ〟で始まる歌を全部思い出そうとした。《悲しき初恋《アイ・シンク・アイ・ラブ・ユー》》に《抱きしめたい《アイ・ワナ・ホールド・ユア・ハンド》》、〝アイム・ドリーミング・オブ・ア・ホワイト・クリスマス〟……違う、それは一小節目の歌詞よ、題名じゃないわ。

彼女はあきらめた。「テイラー、起きている?」

「ああ」

部屋の一方でピートは束《つか》の間、目を閉じていた。アニーがあまりにも静かなので、いつもの習慣を破ってとっくに寝入ってしまったのかと思っていた。

「電話の男が〝さらなる指示を待て〟と言ったけれど、またかけてきてデスマスクをどこかへ持ってこいと命令するつもりなのかしら?」

「たぶん」ピートは答えた。「だが、連中はまずきみを存分に脅しておいて、警察沙汰《ざた》にしたくないと思わせるように仕向けているんだろう」

「もう警察沙汰になっているわ。わたしがどうすると思っているのかしら？　何万ドルもの価値がある黄金をやすやすと彼らに手渡すとでも？　それに、そんなことをしたら歴史的な遺産を失うかもしれないのに」

「ぼくは、きみがそんな人間じゃないとわかっているよ。だが、連中はきみのことを知らない。連中はきみが簡単には脅しに屈しないとは思っていない」

「たぶん、あなただって、わたしのことを知らないわ、テイラー」アニーの声は穏やかだった。「ときどき思うの。何もかもが怖いって」

「怖がることと」ピートは言った。「そのことで影響を受けるのは別の問題だ」

「あなたには怖いものはないの、テイラー？」彼女は尋ねた。

ピートはなかなか答えようとせず、窓の輪郭を長い間見つめていた。「ああ」やっと答える。「正邪の区別があいまいなときは恐ろしく思うよ。最近はいつもそうだ。それが心底恐ろしい」

一瞬、沈黙が訪れ、やがてピートが笑いだしたが、決して心からおかしそうではなかった。

「それに、祖父がつけてくれた名前にふさわしい人生を送っていないことも」

ピートはベトナムに行きたくはなかった。ロッキー山脈に隠れて、祖先が連邦政府から望まない立ちのき命令を受けるまで暮らしていたように生活しようかと、本気で考えたことがあった。

だが、徴兵令状に従い、ベトナムへ赴いた。最初、彼は、マン・スピーキング・ピースと名づけられた男が両手に自動小銃をかかえ、迷彩服を着て外国のジャングルをうろつき回っているとはまったくなんということだろう、と思っていた。だが、じきに自分が生き延びる能力にすぐれ、とくに周りの人々の命を助けられる人間であることにも気がついた。そして、どうにか実質的な戦争が終わり、アメリカ軍がサイゴンから撤退したあとも、ピートは、ジャングルに残された大勢の捕虜や行方不明の兵士たちを探して救出する任務を負った特殊部隊の一員としてベトナムに残留したのだ。

十八歳になったばかりのあの夏に徴兵されて以来、ピートは常に少なくとも一丁の銃を携帯していた。今も寝袋の下に押し込み、必要なときはいつでも即座に取り出せるようになっている固い物体の感触を感じている。

「マン・スピーキング・ピース」アニーの声がピートの思考をさえぎった。「どうしてそんな名前がついたの？」

ピートがいつまでも黙っているので、彼には答えるつもりがないのだろうとアニーは思った。

「そんなことは久しく考えたこともなかった」ピートはやっと答えた。「話す気になれるかどうか……」

「ごめんなさい。いやなことをきいてしまって――」

「ぼくは十三歳だった」ピートはアニーの言葉をさえぎって言った。「その年の夏、叔母が亡くなった。母の妹だ。おかげでいとこたちの行き場がなくなった。それで、うちの牧場にやってきた。全部で五人。ジャックが長男で、十二歳。その下にウィル。トム、エディ、それにまだほんの赤ん坊だったクリス。五歳にもなっていなかった。クリスは母親をひどく恋しがった。全員が恋しがったけれど、泣いたのはクリスだけだった。クリスが泣くと、トムは、男の子は泣かないものだ、泣くのは赤ん坊だけだ、と言って笑いものにした。そうするとジャックがトムをしたたかにぶって、すぐにみんなでけんかになったものさ。それで七月の間、ぼくが彼らの仲裁役を務めた。みんなより年上で、ぼくは尊敬されていたからね。数週間して、ぼくはクリスが母親を恋しがって泣くのには決まった時間があることに気がついた。まず朝起きて泣く。そして、午後の決まった時間――一時ごろに泣く。ぼくが思うに、それはほかの兄弟が学校へ行っている間に、母親がクリスに本を読んでやったり、一緒に遊ぶために毎日三十分間仕事の手を休める時間だったんだ。だから、ぼくはクリスの気をまぎらすようにした。朝、クリスを起こすのはぼくの役目だ。そして、彼にいろいろなことをさせて、空白感を覚えるひまがないようにした。午後も同じようにしているうちに、だんだんクリスは泣かなくなったんだ」

アニーは耳を傾けていたが、気がつくとほとんど息を詰めんばかりだった。ピートと知り合ってから、彼がこんなに長く話したことは今までなかったし、とくに彼自身や子供時代について語ったことは一度もなかった。

「残念ながら、クリスが泣かなくなっても、兄たちは何かと理由を見つけては、けんかをふっかけ合った」

ピートは言葉を切った。やめないで、とアニーは思った。アニーには十三歳のピートを想像することができた。背が高く、きまじめで、今と同じ真剣な焦茶色の目を持った少年を。「それで、どうなったの？」彼女は優しく尋ねた。

「祖父のところへ行って話してみた」ピートは言った。「どうして彼らが揉《も》めるのか尋ねてみた。それが亡き母を悼む彼らなりのやり方なんだ、と祖父は言った。それで、二、三日考えてみた。でもウィルがジャックの鼻の骨を折り、ジャックがもう少しでトムの腕を折りそうになるのを見たあと、彼らには母親の死に立ち向かう方法がほかに必要だと考えたんだ。ぼくは兄弟全員を山にハイキングに連れていった。そこからなら谷を見渡せるんだ」

ピートは静かに続けた。

「山に登ると、まるで天国にいるみたいだった。父の牧場が見下ろせ、畑地は四角い布をつなげたパッチワーク・キルトのように広がっていた。緑にもさまざまな色合いがあり、空は真っ青で、目が痛いぐらいだった。ぼくらは岩の上に分かれて座り、いとこたちはいっせいに黙り込んで、じっと景色に見入っていた。ぼくは座って、叔母のペグ、つまり彼らの母親のことを考えていた。叔母のことを考えていると、たちまち涙が浮かんできた。それで、涙が頬を流れるにまかせて、そこに座っていた。すると、いとこたちが順番にぼくが泣いているのに気づいたんだ。みんなショックを受けていた。トムがよく言っていたように男は泣かないものだと思っていたから、相当なショックだったんだろう。ウィルがぼくになぜ泣いているのかきいたから、ぼくは叔母さんが恋しいからと答えた。ときに男でも泣かなくてはいけないことがあるんだよと、いとこたちに教えたんだ。すると、すぐにクリスが泣き始めた。そのあとトムがわっと泣きだして、ウィルとエディがそれに続き、最後にはジャックまでが泣いていた。ぼくらはそこにじっと座ったまま一時間泣き続けた。その翌日からまったくといっていいほど、けんかはなくなった。その夏の終わりに祖父がぼくにハスティン・ナーターニという名前をくれた。百年以上も昔にナバホ族の首長だった男の名前なんだ」

そのころのピートは自信にあふれ、若く、夢と希望でいっぱいだった。何が起こったのか、何が自分を変えてしまったのか、ピートには悩む必要もなかった。ベトナム戦争だ。

「すごい話ね」アニーが暗闇の中で優しく言った。「話してくれてありがとう。あなたのおじいさんって、きっとすばらしい人だったのね」

「ああ」ピートは目を閉じ、思い出した。「祖父はナバホの精神にあふれていた。当時六十代だったと思うが、そのころでも黒髪を長く伸ばし、ヘッドバンドで顔にかからないようにしていた。銀細工で生計を立て、絶えず旅をして、祭りやロデオの会場でジュエリーを売り歩いていた。行く先々で馬小屋を借りて仕事場にしていた。祖父はぼくに行ってほしくなかったんだ」

「行くって、どこへ？」

ベトナムへ。ピートはぱっちりと目を開けた。自分がだれか、なんのためにここにいるのか忘れたのか？　ピート・テイラーはベトナムへなど行っていない。「ニューヨーク大学だ」彼は言って、すぐに答えを思いついたことにほっとした。

「どうして行ったの？」アニーの声が、手を伸ばせばつかまえられるかのように暗闇の中を漂ってきた。

「行かなければならなかったから」

「そんなはずはないわ」アニーは言った。「だれも、したくないのにする必要なんてないわ」

「それは違う。選択の余地のないこともあるんだ」

話を元に戻さなくては、とピートは思った。自分のことを話すのはやめて、アニーの話に専念しなくては。アテネのこと、イギリスのこと、そこで出会った人々についてアニーに話すように仕向けなければならない。でも、どうやって？

「アニー」

アニーは目を閉じ、いけないと思いつつもその呼び方にいとしさを感じていた。「何？」

「どんなことでも、きみが困った状況に陥ったら」ピートはゆっくり適切な言葉を探しながら言った。「ぼくのところへ助けを求めに来てほしい」

部屋は急に静寂に包まれた。アニーがたてる些細《ささい》な音が――落ち着きなく動く音、シーツのこすれる音、彼女の呼吸でさえ――ぴたりと止まった。十五秒、二十秒、静寂はどんどん長くなっていく……。

「テイラー、あなたが何を言おうとしているのかわからないわ」彼女がついに口を開いた。「わたしに何かしてくれるのなら、そう言えばいいじゃない」

ピートはこらえきれずに笑いだした。やれやれ、この女はどこまでも……。「わかったよ。ぼくが言いたいのは、もしきみが例の美術品窃盗事件に巻き込まれて、深く関《かか》わってしまったのなら、そう言ってほしいということだ。ぼくにはきみを救えるから」

再び数秒間の沈黙が訪れた。それからアニーが言った。「ありがとう、テイラー。そう言ってくれて、うれしいわ。おやすみなさい」

8

ワッフル。アニーは目を覚ますとワッフルが食べたくなった。めったにないこと——一年にほんの二回ほどだが——欲求がわいてきて、ワッフルアイロンと百パーセント純正のメイプルシロップを引っぱり出し、いつもの五分よりは確実に長い時間をキッチンで過ごすのだ。

アニーはベッドから出てパジャマの上にバスローブを引っかけ、スリッパを探してキッチンへ行った。

少しするとバターがほぼ完全に溶け、ワッフルアイロンが熱くなったので、冷蔵庫をかき回し、シロップのガラスびんを探した。びんは冷蔵庫の奥の奥にあった。彼女は頭を突っ込むようにして意気揚々と取り出したが、中身はほとんど空っぽだった。

「まったくもう」アニーはいらついて言った。そしてワッフルアイロンを保温にし、ベッドルームに戻った。

ピートはバスルームにいる。シャワーの流れる音が聞こえたので、アニーは手早くジーンズをはき、トレーナーをかぶると、スニーカーに足を滑り込ませた。さっと髪をブラシでなでつけ、ポニーテールに結び、ハンドバッグと車のキーをつかんだ。

玄関のドアから出ようとしたとき、ピートに書き置きを残しておいたほうがいいことに気づいた。手早く封筒の裏に書きつけ、階段の下に置く。

食料品店のそばの駐車場に車を停《と》めると、アニーはさっと店に走り込んだ。ショッピングカートもバスケットも取らずにまっすぐ、箱入りパンケーキ・ミックスとシロップを並べてある通路に向かう。安いまがいもののシロップならどの棚にも並んでいるが、純正のシロップブランドは一つしかない。ヴァーモント州産。そう、これだわ。アニーはガラスびんを手に取り、品数の少ない客用のレジに持っていった。機嫌よく扇情的なゴシップ新聞の見出しを立ち読みしていると、荒々しく体をつかまれた。

驚いて叫び声をあげたあとで、犯人がだれかわかった。

ピートだった。

ピートは裸足《はだし》で、ジーンズとシャツしか身につけておらず、ボタンもかけていない。髪は濡《ぬ》れ、怒ったようにアニーをにらみつけながら、鼻に垂れ落ちる水滴を手で払った。

「自分が何をしているかわかっているのか？」ピートの声はだんだん大きくなり、最後の言葉はまるで吠《ほ》えるようだった。

レジ係は物珍しそうにピートを見て、アニーのシロップの価格をレジに打ち込んだ。

「これが欲しかったのよ」アニーは目を見開き、シロップのほうを指した。「あなたはシャワーの最中だったから――」

「だったら、ぼくがシャワーを終えるまで待っていろ」ピートは吐き捨てるように言った。激昂《げっこう》を隠そうともしていない。顎の筋肉がぴくぴく動き、目に激しい怒りがこもっているのがわかる。ピートのいつもは注意深く抑えた顔にこんな感情が表れるのを見るのは初めてだった。

「四ドル七十九セント」レジ係は言ったが、風船ガムをぱちんといわせ、あからさまな好奇の目で二人を見ている。

アニーがハンドバッグから財布を取り出すより先にピートがカウンターに五ドル札を投げつけ、メイプルシロップのびんをさっと取り上げた。そしてアニーを出口へ引っぱっていった。「きみは、ぼくなしではどこへも行ってはいけないんだ」自動ドアが開くのももどろっこしそうに、片手でつかんで押し開け、言い含めるように強く言った。「どこへもだ」

駐車場に出るとアニーは、メイプルシロップはわたしのものよと言わんばかりにピートから引ったくってハンドバッグにしまった。「ねえ、いいかげんにしてよ、テイラー」なんの権利があって、わたしを店から引きずり出し、町中に聞こえるような声で怒鳴ったりするの？

「いや。いいかげんにするのはきみのほうだ」ピートは必死で声を抑えようとし、早口で言ったが、食いしばった歯の奥から発せられる冷静な言葉は、逆に大声で怒鳴られるよりもはるかに危険な響きがした。「きみにはぼくの護衛なしで家から出ていってほしくない。わかったか？」

アニーが家の中にいないとわかったとき、ピートは恐怖で息が詰まる思いだった。キッチンに電気フライパンのようなものがあり、電源が入ったままになっていた。カウンターの上に何かが入ったボウルが置いてあり、卵や小麦粉が散乱していた。最初に頭に浮かんだのは、アニーが自分のほんの目と鼻の先でさらわれたということだった。車のキーとハンドバッグがなくなっているが、ジャケットはゆうべかけた場所に残っている。もう少しでＦＢＩに電話しようとしたとき、ピートは階段の下にアニーの書き置きを発見した。

そして、胸を締めつけていた恐怖がたちまち怒りに変わった。猛烈な燃えるような怒りが込み上げた。

だが、ブーツを履く時間すら惜しんで食料品店へ向かっている間に、恐怖が再び彼をわしづかみにした。もし、だれかが監視していて、アニーが護衛もなく一人になる瞬間を狙《ねら》っていたら……？

「ちょっとやりすぎじゃないの、テイラー？」アニーは今や目を怒りでぎらつかせ、冷たい空気に息を白くしながら言った。「食料品店に行っただけでしょう、あきれたわ」

アニーはきびすを返すと、自分の車に向かった。だが、ピートはアニーの腕をつかんで彼のほうに向かせた。

「食料品店の中なら殺されないとでも思っているのか?」彼は荒々しく言った。「いいかい、アニー。ぼくは思い出せないほどたくさん、銃で暗殺された犠牲者を見てきた――そのだれもが、不注意なために殺された。銀行や薬局へひとっ走りするぐらいなら護衛はいらないと考えてね。食料品店も同じだ」

アニーは腕を振りほどこうとしたが、ピートの手は両肩をつかんで放そうとしなかった。

「アニー、きみに死んでほしいと思っている人間がどこかにいるんだぞ」感情があふれて言葉がとぎれた。「くそっ……」

彼女は唇をかすかに開いてピートを見上げていた。束ねた長い髪がほどけ、顔にかかって冷たい風にかすかに揺れている。ピートは、自分の裸の胸に冷たい風が吹きつけるのに気づいていなかった。ブーツを履いていない足の裏に、駐車場のとがった小石が冷たく触れるのにも。見えるものは、感じられるものは、アニーだけだった。

どうしたことか、急にアニーは腕を振りほどこうとはしなくなった。不意に彼女がピートの腕の中にいて、ピートは彼女にキスしていた。

こんなことをしてはいけないはずなのに。

ピートの口の下でアニーの唇が開き、その唇の甘い香りを彼は懸命にむさぼった。味わうだけでは飽きたらず、彼女を食べてしまいたいと思った。彼女のすべてを、何から何までそっくり。

アニーの唇は想像していたよりも柔らかく甘かったが、ピートと同じくらい激しい、野性的なまでの貪欲《どんよく》さで応《こた》えてくる。アニーが彼にしがみついてきた。片手でピートの髪をつかんで頭を自分のほうへ引き寄せようとし、もう片方の手をシャツの下に滑り込ませて、彼のたくましい背中をまさぐる。ピートは頭がおかしくなりそうだった。

こんなことをしてはいけないんだ。

ピートはうめき声をあげながら、さらにアニーを自分のほうへ抱き寄せた。アニーの腰を自分の体に強く押しつけ、さらに激しく深く、長くキスを続ける。彼はうっぷんを、この数週間閉じ込めていた熱情をすべて吐き出すようにアニーにキスしていた。ああ、彼女にキスしたいとずっと思っていた。空港の取り調べ室のマジックミラーの向こうから彼女を初めて見たときからずっと。

アニーが動いて、ピートの欲望の証《あかし》をかすめたので彼は思わず声をあげた。ああ、彼女が欲しい。これまでの人生でこんなに欲しいと思ったものはない。アニーと愛し合いたい。いつまでも、いつまでも……。

だめだ。

こんなことをしていてはいけない。

ピート・テイラーこと、ケンダル・ピーターソンは強い男だが、その自分でも意外なほどの意志の強さで、アニーの唇から唇を離した。

アニーがピートを見上げた。目は欲望で輝き、頬は赤く染まっていて、唇は強く吸われてふくらんでいる。呼吸をするたびに胸が激しく上下し、トレーナーの厚い生地の上からでも硬くなったつぼみの丸い輪郭がわかった。

「ピート」アニーは一息ついてから、ピートに手を差し伸べた。

ともかく彼女はピートが腕を伸ばせば届くところにいる。「自分の車に乗るんだ」彼はかすれた声で言った。「きみの後ろをついていくから」

その日の午後、アニーは何度も何度も検査器具をぼんやり見つめるだけで、まるで集中できないでいた。部屋の向こうに目をやると、ピートが座っていて新聞を読むふりをしている。きっとそうだ――彼はもう一時間以上もページをめくっていない。

アニーがじっと見ていると、ピートは目を上げ、彼女と視線を合わせた。その表情は硬く、まるで石の彫刻のようだ。一瞬アニーは、彼がキスしたあとに見せた表情を思い出していた。その目からはいろいろなものが読み取れた。欲望。それだけでなく、混乱と不安も見て取れた。それに、恐れも。

アニーはため息をつき、部屋の反対側で仕事をしているキャラに目をやった。キャラは二人が食料品店から帰ってきたときには、すでに出勤していた。ピートは、アニーが今までだれにもされたことのないようなキスをしてくれた。アニーは彼に言いたいことが山ほどあったが、結局話をするチャンスもなく、始めたことを続けるプライバシーもなかった。そして、ピートはそのことにほっとしている、と彼女は感じていた。

その感覚は時間が経《た》つにつれて確実なものに変わっていった。というのも、ピートはキャラを高校のダンスパーティを見張るお目付役のように常にそばに置くようにしていたからだ。たまにキャラが部屋を出ていくときには、彼は電話を取るように心がけていた。

アニーはやりかけの検査に再び取りかかった。青銅のナイフの刃が本物かどうか調べる検査だったが、すぐにまたため息をついた。ピートがわたしにキスをした。あのキスは、心の均衡を揺るがすほど親密で、今まで感じたこともない、体が崩れ落ちるような陶然としたものだった。

そう、そこには単に友情以上の何かがあった。

たしかにわたしは、この男《ひと》に恋している。

そして、その男は死ぬほどわたしを恐れている。

アニーは部屋の向こうにいるキャラに目をやり、ようやく笑いながら口を開いた。「あらまあ。もうこんな時間だわ」

キャラはデスクの上のおもちゃを落ち着かなさそうにいじっている。「突然なんだけど」彼女は言った。「あの、わたし、結婚するの……」

「マクリーシュ、あなたたち三年の付き合いだったわね」

「でも、友達としてよ。ただの友達だったわ」

「最初はだれでもそうだわ」アニーは穏やかに言った。「結婚式の日取りは決めたの？」

キャラはにっこり笑った。「ジェリーは今週末にラスベガスへ行こうと言っているの」

「ジェリーったら」アニーは言って、目を丸くした。「ロマンチストなんだから」

二人はしばらく黙っていたが、やっとアニーが尋ねた。「それで、わたしに退職願いを出そうと勇気を振り絞っているのね？」

キャラは驚いて目を上げた。「違うわよ！　まだわからないの……ジェリーは二月にメキシコへ行く資金を集めているでしょう……」

「あなたのかわりはいないわ、マクリーシュ」アニーはキャラに告げた。「でも、心配しないで。なんとかやっていくから」

「十二月の終わりまでは確実に辞めないわ。ねえ、わたしたち、どちらにしても一月は休暇をとるし……」

アニーは背を向け、顔に表れているに違いない悲しみを友人に見られまいとした。一月はとても寒くて、とても寂しくなるに違いない。マクリーシュもテイラーも去っていくのだから……。だが、アニーは部屋を出ていくときになんとか笑顔を見せた。「ティリットにおめでとうと言っておいて」

9

アニーは研究室でドアの閉まる音を聞いていた。キャラが一日の仕事を終えて帰っていった。ピートが差し錠を戻し、警報器のスイッチを入れる音が聞こえる。

やっと。やっと二人きりになれる。ピートとわたしの二人きり。

ピートのカウボーイ・ブーツが廊下の硬材の床を打つ音がして、彼女は心臓が喉から飛び出しそうになった。振り返ると、彼が戸口に立っていた。慎重に表情を変えないようにしているが、立ち姿には緊張感があり、肩がごくかすかにこわばっている。彼もわたしと同じように神経をとがらせているんだわ。

「ピザの宅配を頼むが」ピートが言った。

二人が食料品店から戻って以来、あのキス以来、ピートが初めて発したまともな言葉だった。

「きみも食べるかい？　配達してくれる店が町に一軒あるんだ。〈トニーズ〉だ。ほかにもっといい店があるのなら……」

何ごともなかったようにふるまおうとしているのね、とアニーは思った。そんなところに突っ立って、どこの店からピザを取ったらいいかなんて話をしていないで、今朝わたしを抱きしめて、死ぬほどびっくりさせるようなキスをしたことについて話をしてくれてもいいはずなのに。

アニーは失望に暮れ、ピートの姿を目に映したくないというように背を向けた。

「まだ仕事が終わらないのなら、あとで電話しようか」ピートは提案した。「もちろん、今かけてもピザが来るのに四十五分はかかるが」

アニーは冷静さを取り戻し、ピートを見た。きらきら輝くバックルのついた茶色の革ベルトが、締まったウエストに巻きついている。ボタンのかわりにホックのついた、分厚いキャンバス地の白いシャツの胸元ははだけられ、袖《そで》は肘の下までまくってあった。両手はジーンズのポケットに深く突っ込み、がっちりした上腕を包むシャツの布地がぴんと張っている。広い肩に、たくましい胸。

でもこれは、単に外見の話だ。

完璧《かんぺき》な形をした頭の中に、緊張感のある焦茶色の目の奥に、豊かな黒髪の下に、映画スターのような容貌《ようぼう》の下に心があり、魂がある。それをアニーは好きにならずには、そして恋に落ちずにはいられなかった。

だが、ピートはわたしを欲しがってはいない。わたしが求めているようには。もし求めているのなら、こんなにもいつもどおりの事務的な態度をとるはずがない。

「ピザでいいわよ、テイラー」アニーは軽い調子で答えた。「四十五分でこの仕事を終えてしまうわ」

「オフィスから電話するよ」ピートは言って姿を消した。

はっきりしたわ。そのあとアニーはピザを食べながら思った。ピートにとって今朝のキスは気の迷いであり、手違いであり、失敗だったのだ。二人の会話はアニーが恐れていたほど堅苦しくも、ぎこちなくもなかったが、彼は硬い表情を崩さなかった。そしてその日は、朝アニーを見たときのような熱情をともすことは二度となかった。

食事のあと、アニーはオフィスでそわそわと何時間かを過ごし、デスクにのっている書類にほんの少し手をつけただけだった。オフィスでファイルに埋もれて座っていても、ピートに見られているような気がした。ピートが部屋にいないときでも、彼の目が見えるようだ。超然とした、冷たいほどの目。

今朝はどうしてあんなふうになったのかしら？　どっちが先にキスしたの？　彼女は目を閉じて思い出そうとした。

ピートは激怒していた。わたしはピートを見上げていた。目から火花が散るのではないかと思うほどのピートの怒りに身をすくめ、彼の顔に表れた生々しい感情に驚きながら。ピートの目に宿った炎がまったく種類の違う熱に変わるのを見たことを覚えている。そして彼は体を折るようにして、わたしにキスをした。

ピートがわたしにキスしたのだ。そうよ、キスしたのは絶対に彼のほうよ。そう思うと、アニーはほっとした。思い出してよかった。

「仕事しているのか、それとも寝ているのか？」ピートのかすれた声がアニーの思考をさえぎり、彼女は目を開いた。ピートが腕組みをして戸口に立ち、こちらを見ていた。

アニーは苦笑いをした。「どっちでもないわ」

「もう真夜中近いぞ」ピートは言って、アニーがコンピュータを終了させ、ファイルを積み直し、それをかごに入れるのを目で追った。アニーがつやつやした髪を片方の耳にかけるのを。そして無意識に唇を舌の先でなめるのを……。

今日一日、ピートは、自分はあのキスになんの影響も受けていないと思い込もうとしていた。アニーにキスしたとき、向こうもそれに応《こた》えてきたという事実に目をつぶろうとしていた。アニーはぼくを求めていた。今も、彼女は隠そうとしているが、目を見ればわかる。

こちらから言葉さえかければ、そうすれば、アニーをぼくのものにできる。

しかし、アニーと愛し合えば、今夜のところは差し迫った問題は解決しても、ほかの問題を次々と引き起こしてしまうだろう。将来に関《かか》わるさらに困難な問題を。もし、こちらの正体を明かさずにアニーとベッドをともにしたら、彼女はぼくを憎むだろう。先に正体を明かせば、彼女はぼくとベッドをともにしようとはしないだろうし、やはりぼくを憎むことになるかもしれない。

だが、そうとも言いきれないのではないか。

ピートはアニーのあとについて二階へ行き、彼女がバスルームに入って寝支度をしている間に、ベッドルームの窓をチェックした。

もし、アニーがそんなにぼくを憎いと思わなければ、まだチャンスはあるかもしれない……。

なんのチャンスだ?

アニーと将来が持てるというチャンスか?

ピートは情け容赦なくその考えを握りつぶし、目の前から追いやった。

ベッドルームのドアに鍵《かぎ》をかけ、寝袋の上にどさりと腰を下ろす。

明日になればもっと楽になる、とピートは思った。とにかく今夜を切り抜けることだ。

彼は目を閉じて、アニーがあのキスのことを持ち出しませんようにと願った。

バスルームのドアが開いて、アニーが出てきた。

ぶかぶかの格子縞《こうしじま》のパジャマを着て、髪をブラシでとかしている。

見つめているのがつらい。ピートは枕《まくら》に頭をのせて、目を閉じた。

彼女は毎晩しているようにブラシをベッドサイドテーブルに置くと、明かりを消した。

上掛けをすっぽりかぶり、横になって体を丸める。

「おやすみ、テイラー」アニーはつぶやいたが、ピートは答えなかった。

珍しくピートの寝息が聞こえてきた。ゆっくりした規則的な音で、もう寝入っているようだ。

アニーはため息をつき、寝返りを打って仰向けになった。暗い天井を見上げ、リラックスできますようにと願う。

熱帯のビーチにいるところを想像するのよ。アニーは目を閉じて自分に言い聞かせた。数日前の夜、ピートがそうやって自分を寝かしつけてくれたことを思い出しながら、暖かい太平洋の海に入っていくところを想像した。澄んだ水が問題をすべて洗い流してくれる。水から上がってくると、ばかげた縞模様のパジャマを脱いで、砂浜に広げておいたブランケットの上に寝そべる。ピート・テイラーが同じように裸で、そこに寝そべっている。ピートは上を向いて微笑《ほほえ》みかけ、わたしの手をつかんで自分の隣に引き寄せて、唇を重ね……。

アニーは目を開けた。何をしているのよ。わたしには興味がないとわかっている人のことを想像して、自分で傷に塩を塗り込むようなまねをしてどうするの？

でも……。

本当にピートがわたしに興味がないかどうか、わからないじゃないの。ただ、そう思い込んでいるだけかもしれない。二人の関係をこれ以上進めたくないと彼が実際に言ったわけじゃないわ。

「テイラー、起きている？」

アニーの声が闇《やみ》を切り裂いた。ピートは危うく飛び上がりそうになった。しかし、ゆっくり深く呼吸を続けながら、寝入っているふりをした。

「テイラー？」アニーはもう一度言った。「ピート？」

自分のファーストネームを呼ぶ声に、ピートはもう少しで反応しそうになった。

アニー、頼む。彼は思った。あっちを向いて寝てくれ。

シーツがこすれる音がしたが、引き上げているのではなかった。アニーはシーツを押しやっていた。硬材の床の上を裸足《はだし》で歩く音が聞こえてきた。なんてことだ、アニーはベッドを抜け出したんだ。こっちへ向かって歩いてくる……。

「ピート、起きて」暗闇の中、アニーの声がすぐそばで聞こえた。

目を開けると、彼女が横にひざまずいていた。窓から漏れ入る薄明かりで、姿がぼんやりと見える。

「ベッドへ戻るんだ」ピートは言った。だがその声は、自分の耳にさえ、たいして説得力がなく響いた。

アニーはピートのそばにあぐらをかいて座った。「わたしたち、話し合ったほうがいいわ」

ピートは上体を起こした。背中が冷たい壁に当たり、二人の間に十センチばかりの距離ができた。ああ、それでもアニーは近くにいすぎる。ピートの目は、彼女が着ているパジャマのシャツの深くくれたVネックの胸元に引き寄せられた。彼はそこからなんとか目をそらした。

「アニー、ベッドに戻るんだ」

だがピートが顔をそむける前にアニーは見てしまった。一瞬の光を。その焦茶色の目に、かすかではあったが、たしかに光が存在した。今朝キスをする前に見えたのと同じ深い欲望が……。

「ピート、なぜわたしにキスしたの？」アニーはかすれた声で尋ねた。

「するべきじゃなかった。どうかしていたんだ」ピートは心を鬼にし、無表情を決め込んでアニーを見上げた。「悪かった」

「それでは答えになっていないわ。ねえ、わたしはただ、キスしたあと、あなたがわたしをまるで疫病神みたいに扱う理由がわからないだけよ。どうしたの？　あなた、奥さんがいるの？」

「いない」

「深入りしすぎた？」

ピートが望んでいた以上に深入りしすぎてしまったし、状況は一秒ごとに悪くなっている。「違う、アニー。頼むから――」

「じゃあ、なぜわたしにキスしたの、テイラー?」

「この話はやめよう――」

「わたしはやめたくないわ」アニーはきっぱりと言った。彼は口ではやめようと言いながら、目ではまったく別のことを伝えている。「問題があるのなら、どういうものなのか教えて。問題がないのなら……もう一度キスして」

ピートは震える息を吸い込んだ。「きみはぼくを知らない――ぼくがだれなのかを」アニーの目の奥を見つめる。

「よく知っているわ」

アニーは手を伸ばし、ピートの横顔に触れたが、彼はその手首をつかみ、あえぐように言った。

「きみはぼくを嫌いになる」

「それはわたしが決めることでしょう?」

その気になれば、彼女にキスすることなどなんでもないことだった。アニーは誘うようにして、ピートに寄りかかっている……。

「きみには深入りできない」ピートはやけどでもしたかのように、ぱっと彼女の手を放して、無情に言った。「ありえないことだ。とても賢明とは……」

一瞬、アニーの目に痛みが光った。それを見てピートの胸にも痛みが走った。

「アニー、信じてくれ、ぼくには選択の余地がないんだ」さっきよりは優しい口調でピートは言った。「ぼくだって苦しくてたまらない。でも、行き着く場所がないとわかっている関係を始めたら、きみがどうなるか、それがすごく不安なんだ」彼はアニーの顎に手をかけて自分のほうへ向かせた。「きみにもわかるはずだ。ただの友達でいたほうがいいということが」

今度はアニーのほうが先に行動に出た。もしわたしがキスをしてもまだ友達でいたいとピートが言い張るなら、そのときはその言葉を信じよう。そう思って彼女はピートにキスした。

唇が、そして舌が、アニーとからまって長く熱烈なキスを続けるうちに、体が燃えるように熱くなり、ピートは絶望的なうめき声をあげた。

腕をアニーの体に回して、自分のほうへさらに引き寄せ、しまいには彼女がピートの膝にのる格好になって体が密着したが、それでもまだ近づきたりないほどだった。

今やピートはアニーに何度も何度も、狂ったようにキスをしていた。彼女は必死でそれに応え、触れても触れても足りないというように両手をピートの背中に、胸に、そして腕に這《は》わせた。

ピートの両手は、アニーの引きしまった腿をまさぐっている。その手が上がってきて、柔らかいフランネルのパジャマのシャツに触れ、中に滑り込んだ。アニーはピートのごつごつした固い手に背中を愛撫《あいぶ》されて、喜びに打ち震えた。彼の指が下りていって、パジャマのズボンのゴムをくぐり、柔らかいアニーのヒップをなでた。

ゆっくり、ゆっくりとピートは手に力を込めてアニーの腰を引き寄せ、彼女を自分自身の真上にのせた。絶対にしてはいけないことだとピートにもわかっていたが、止められそうになかった。それは誘いであり、無言の問いかけだった。もっと欲しいかい？

アニーはピートのジーンズの下に隠された高まりに自分を押しつけて、その問いかけに答えた。

そうよ、あなたが欲しいわ。

このままではアニーを自分のものにしてしまう。ピートは今までずっと自分をごまかしていたことにやっと気づいた。こうするしかない——それだけは真実だった。自分は痛いほど、死ぬほどアニーを求めている。手を伸ばすとアニーはそこにいて、そのかぐわしい唇が唇に押しつけられている。

弱いやつめ、と頭の中で小さな声が彼を責めた。

ピートはアニーにキスしながら、その小さな非難の声を無視することにした。考えるな。そう自分に言い聞かせた。考えるんじゃない……。

アニーがパジャマのシャツを頭から脱ぎ、ピートは考えるのをやめた。一瞬のうちにピートはアニーを横たえ、彼女の上になった。ピートに微笑みかけるアニーの青い目が輝きを放ち、彼はもう一度キスをした。最初は唇に、それから長いほっそりした首筋に。唇でゆっくりと鎖骨をたどり、胸のふくらみに達すると、硬くなった先端を片方ずつ口に含んで舌で愛撫した。アニーがこらえきれずに声をあげた。

そしてピートは頭を上げてアニーを見下ろした。アニーの目の輝きが潤んだ炎に変わっている。ああ、ずっとこういう目で見つめられる時を思い描いていたんだ。

アニーがピートにもう一度微笑みかけ、キスしてというように唇を突き出した。彼は唇を重ねた。ゆっくりと優しいキスを続けるうちに、二つの魂は激しくぶつかり合った。

そのとき急に、ピートは何かが違うと感じた。身震いして体を引き離す。アニーからさっと離れると、立ち上がった。

彼女が上体を起こした。「ピート？」

ばかなことをしてしまった。とんでもなくばかなことを。ピートは髪をかきむしった。いったい、いつの間にこんなことになってしまったんだ？　どうしてこんなことに？

「ピート？」アニーがもう一度言った。立ち上がって、おずおずと彼に近づく。「大丈夫？」

ぼくはアニーに恋してしまっている。

だから、違うと感じたのだ。アニーと一線を越えることは単なる行為としてのセックスではない。愛し合うことだ。ああ、なんということだ。ぼくはアニーを愛している……。

アニーが美しい顔を不安で曇らせながら、また一歩近づいた。

ここから出ていかなくては。考えなければ。自分が何をしようとしているのか、はっきりさせなくてはいけない。

「すまない」ピートはアニーにささやいた。「ぼくは――」

ピートはきびすを返すと、ドアに飛びかからんばかりにして廊下へ出ていった。ベッドルームには、アニーが一週間ぶりに一人きりで取り残された。

ピートは壁に頭をもたせかけて、アニーのベッドルームへつながる閉まったドアを見つめていた。こんなことはばかげている。ありえないことだ。以前は愛さえ信じていなかった。存在しないと思っていた。だが、あらゆる徴候が否定しようもなく目の前にある。アニーを愛している。そのことに疑いはなかった。長い間ばかにしてきたつまらないラブソングの歌詞とまるで同じ感覚だと思うと、笑いが込み上げてくるほどだ。ただ、今は笑う気分にはなれないが。

この年になって初めて、彼は自分が何を求めているかをしっかりと知った。アニーが欲しい。彼女に愛されたかった。二人で将来を共有できたらいいのに。永遠に続くものが……欲しい。

永遠。今となっては、冗談もいいところだ。アニーが犯人である証拠を集めるために送り込まれた政府のスパイだとわかったら、彼女はぼくと永遠に一緒にいたいなどと思うわけがない。

ピートは何度も何度も髪を指でかきむしり、腕時計を見た。三時十五分。いったい夜はいつになったら終わるんだ？

彼は小声でののしった。深入りしすぎた。感情的に深入りしすぎてしまったのだ。すぐさまホイットリー・スコットに電話をかけて、この任務を解いてもらうように手配しなくては。

だが、もし任務を解かれたら、いったいだれが後任に選ばれるのだろう？　もし、そいつがアニーを守れなかったら？　アニーの命をほかのだれかにゆだねるなど絶対にできない。絶対に。

ピートは両手で頭をかかえ、自分がドアに突進したときにアニーが見せた表情を思い出していた。お預けを食らわすとはまさにこのことだ、とピートは苦しげなうめき声をあげた。あれほど真剣な愛の行為の最中にあんなふうに飛んで逃げるなんて、なんという腑抜《ふぬ》けだとアニーは思っているはずだ。

だが、もし彼女を抱いていたら、二人が最後まで進んでいたら、将来を共有するチャンスもふいにしてしまったかもしれない。ぼくがCIAの局員だとアニーが知ったら、美術品窃盗団の情報を聞き出すために彼女を誘惑したのだと思うだろう。まさにそのとおりだ。だからこそ、できなかった……。あまりにも事態は複雑すぎる。

アニーは時計付きラジオの音で目が覚めてから、半時間もベッドに寝そべったままだった。カントリーソング専門局を聴きながら、ピートが横にいてくれたら、と思っていた。でも、ピートはわたしが欲しくなかったんだわ。

涙がこぼれて頰を伝ったが、彼女はそれをさっとぬぐった。

なぜ、ピートの言うことを聞かなかったの？　前夜、アニーは同じ質問をずっともてあそび続けていたが、ただ自分は愚かだったという答えしか思い浮かばなかった。ピートは友達でいたいとはっきりとわたしに伝えていたのだ。でも、わたしは彼の前に身を投げ出すしかなかった。ピートは間違っていると、証明してみせるしかなかったのだ。けれど、間違っていたのはわたしのほうだった。

不公平だが、恋とはそういうものだ。二人の人間がいつも相手に対して同じ感情を抱いているという保証はない。実際、幸せな相思相愛は当たり前のものではなく例外のように思えた。そうでなければ、あんなに多くの歌が報われない愛について歌っているはずがない。さっき聴いたカントリーソングの十曲中七曲が〝わたしが愛しているほど、あなたはわたしを愛してくれない〟というありふれたテーマを歌っていた。また涙がこぼれ落ち、アニーはそれを手でぬぐった。キャラはいつもなんと言っていたの？〝いいことに目を向けましょうよ〟だったかしら。

アニーが天井を見上げながら、いいことに目を向けようとしていると、また歌が始まった。いいことに目を向けるのよ、と彼女は自分に言い聞かせた。ああいうことにはなったけれど、まだ恋には落ちていないじゃないの。

だが、それはうそだと心の奥底ではわかっていた。

その夜、ピートは暗闇の中で寝袋の上に寝そべって、アニーが、〝起きている？〟と尋ねてくるのを待っていた。

今日一日はいつ終わるかと思うほど長かった。アニーはできるだけピートを避け、それができないときには他人行儀にふるまった。

彼が謝ると、アニーは首を振って、〝わたしが悪いのだから忘れて〟と言った。

ピートは顔をしかめた。アニーの口調はとても気軽で、まるで気にしていないように聞こえた。気にしていないなんてことがあるのだろうか？　ただ、欲望をさっさと満たしたかっただけなんてことがあるだろうか？

いいや。アニーの目には痛みが宿っていて、それを隠すことができずにいた。ピートは目を閉じ、押し寄せる羞恥《しゅうち》と後悔の念でいっぱいになった。唯一の慰めは、もしアニーと一線を越えていたら、やはり同じだけの羞恥と後悔を感じていただろうということだった。言うまでもなく、そのうえに罪悪感も覚えていたはずだ。

頼む、アニー。ピートはベッドルームの床に寝そべって思った。話しかけてくれ。

だが、アニーは一言も発しなかった。

10

キャラは探るようにアニーを見た。「どうして？」

「理由はどうでもいいじゃない」アニーは言った。

「これから三日間、起きている間はずっと研究室で缶詰状態になれというのでしょう」キャラは腕組みをした。「その理由を知りたいと思っては変かしら？」

ため息をつきながらアニーは立ち上がり、オフィスのドアを閉めた。「時間外にも作業すれば、週末までにマーシャルのデスマスクのサンプルを炭素年代測定所に送れるわ。そうすれば、一、二週間で結果が出る。そうしたら、デスマスクからも、ちょっかいをかけてくる連中からも解放されるじゃない」

「ピート・テイラーからもね」

「そうよ」アニーは肯定した。「テイラーからも」

キャラは椅子にもたれ、目を細めた。「あなたはあの人のことを本気で好きになりかけているのだとばかり思っていたけど」

「まあね」アニーは目をそらした。

「なら、どうして突然追い払う気になったわけ？」キャラは不精な仕草で手を伸ばし、ホーマー・シンプソンの首振り人形の頭をはじいた。「何があったの？」

「何もないわ」

「あら、口説かれたの？」キャラはにやにやしながら尋ねた。「強引すぎたとか、性急すぎたとか？」

アニーはデスクに突っ伏した。

「大目に見てあげないとね」キャラは言った。「彼があなたのことを見るときの目といったら。まるで雷に打たれたみたいに――」

「困らせてしまっただけ」思い出して、アニーは頬をかすかに赤らめ、キャラを見上げた。

「わたし……だから……その、彼を誘惑しようとしたのよ。でも、彼は友達でいたいんですって」

「冗談でしょう」キャラは心底驚いた様子で言った。「あなたのほうから……？　それで、彼が……？」

アニーは両手に顔をうずめた。「そういうこと」

「でも、彼はあなたのこと、たしかに首ったけって感じで見ていたのに」

「ええ、見込み違いよ」アニーは悲しげに言った。「そうじゃなかった」

玄関のベルが鳴り、ピートは読みかけの本を置いた。広間に出て、玄関ドアを開ける前にショルダー・ホルスターの拳銃《けんじゅう》を確かめる。

ポーチには三人の男が立っていた。彼らの背後の私道にはワゴン車が停《と》まっている。車の側面には、〈マウント・キスコ警備システム〉という色鮮やかなロゴが見えた。

「モロー博士?」三人のうち、年かさの男が尋ねた。

「いや」ピートは言った。

「警報装置の取りつけに来たんですがね」男は手にしたクリップボードに目をやり、住所を確認した。

「待っていてくれ」ピートは三人を外に残したままドアを閉め、鍵《かぎ》をかけた。

アニーのオフィスに向かって廊下を歩きながら、ピートは内心で悪態をついた。これじゃ、何もかも台なしだ。警報装置の性能が上がれば、ぼくがアニーの部屋に寝泊まりする理由はなくなる。同室で寝るのをやめてしまえば、これまでのような親密で気楽な関係には、二度と戻れなくなるだろう。

ピートはオフィスのドアをノックした。

「どうぞ」耳に快いアニーの声が答える。

デスクに向かっていたアニーは、長袖《ながそで》の花柄Tシャツに色あせたジーンズを合わせていた。長い髪をポニーテールにまとめているせいで、博士というより女子学生のようにも見えた。ピートを見上げる顔に懸念が表れている。

ピートはもう一度、さっきとはまったく異なる理由で、内心で悪態をついた。「玄関にマウント・キスコ警備の人間が来ている。きみが呼んだのか？」

アニーは立ち上がった。「そうよ。できるだけ早く新しい装置を入れたほうがいいと思って」ほんのり頬を染めつつも、ピートの目をしっかりと見すえた。「そのほうが、都合がいいと思うのよ……あなたにとっても、わたしにとっても」

「どういう装置なんだ？」

「あなたが別の会社に設置させようとしていたのと同じタイプよ」アニーは答えた。「型番とメーカー名を控えておいたの。この会社には装置の在庫もあったし、今日取りつけるための人手も手配できるというから……」

その日の午後遅く、ピートはスコットに電話をかけて、捜査が滞っていることを伝えた。スコットは、とにかく必要な情報を得てから去るようにとピートに指示した。受話器を置いたピートは、ののしりの言葉をそっと口にした。

アニーとキャラは、ほぼ三日間連続で昼も夜も研究室にこもりきりになり、あっという間に日が過ぎていった。キャラが帰路につくのが夜半過ぎになることも増え、アニーが夜中の二時や二時半まで仕事に取り組むこともしばしばだった。

警報装置が一新されたのを受けて、ピートはゲストルームで眠るようになった。ベッドの位置を変えて、アニーのベッドルームのドアの横に取りつけられた新しい警報装置のコントロールパネルがよく見えるようにした。これで、夜中に目が覚めても、廊下の向こうに目をやって安心することができた。赤いライトが点灯していれば、装置がきちんと稼働しているということだ。緑のライトは、電源の切断を意味している。

新しい警報装置が入ってからも、互いのベッドルームのドアは開放しておくべきだとピートは主張した。しかし、廊下一つ隔てただけのところにいるにもかかわらず、アニーとの間に何キロもの距離ができてしまったように感じられた。

あの晩、もしアニーを抱いていたら、今でもときおり彼女の顔に浮かぶ、痛々しい困惑の表情を目の当たりにする必要もなかったのに。あの晩、アニーを抱いていたら、おそらく次の晩も、また次の晩も、さらに次の晩も、彼女を抱いていただろう……。

木曜日、玄関の呼び鈴が鳴ったので、アニーが窓からのぞき見ると、知らない人物が正面のポーチにいた。彼女は新しい警報装置を設置する際に取りつけたインターホンのボタンを押してブザーを鳴らし、キッチンにいるピートを呼び出した。

「もしもし」安っぽいスピーカー越しに届く彼の声は、いやにはっきり響いた。「どうした?」

「正体未確認の白人男性がドアの外にいるの」彼女は報告した。「四十五歳前後、ダークスーツに黒いコート着用。今のところ笑顔は見せないけど、牙《きば》を持った狼《おおかみ》男っていうタイプでもなさそうね……」

呼び鈴が再び鳴った。

「事実だけを頼むよ」階段を下りてきたピートは微笑《ほほえ》みかけた。「憶測抜きでね」

アニーはどきりとしたが、たかが笑顔を向けられただけじゃないのと我に返った。「暴漢には見えないわ。これは事実よ」

たまたま階段の手すりに引っかけてあった自分のツイードのジャケットを取り、ピートはTシャツの上にそれをはおって、ホルスターの茶色い革製ストラップを隠した。

「下がっていて。いいね?」ピートは、装置の電源を落とさずに玄関ドアを開けるための一時解除ボタンを押した。コントロールパネルの赤いライトはついたままで、オレンジ色のライトも点灯し、玄関ドアを開けても警報が鳴らない状態であることを示していた。ピートはドアを開けた。「なんのご用でしょう?」男に尋ねる口調は、礼儀正しいが気迫がこもったものだった。ピートが襟を直すのにわずかに上着を左側に引いたので、拳銃がちらりと、しかしはっきりと見えた。偶然などではない。アニーにはわかった。

ポーチに立っている男は、拳銃を見ても、動揺したそぶりは見せなかった。「執事の方ですかな」そっけなく言う。

「そんなところです」ピートは言った。

男は名刺を取り出した。「アン・モロー博士にお会いしたいんだが。ご在宅で?」

ピートは名刺を受け取った。さっと目を通してから、ドアの後ろのアニーに手渡す。名刺には〝ジョセフ・ジェームズ〟とあった。〝古代遺物商〟とも。ニューヨーク市内の住所と電話番号が書かれている。

「どういったご用件でしょう?」ピートは尋ねた。

「それは、モロー博士ご本人にしかお話ししかねます」ジェームズはすらすらと答えた。

ピートは、視線をジェームズの顔にさっと戻した。何度も骨折したような平たい鼻だ。両眉の下には、小さな傷がいくつか残っている。顎の左には長めの傷も一つ。古代遺物商も兼ねた借金取り立て屋といったところか、とピートは思った。

「では、入ってもよろしいかな?」ジェームズが言った。

「いえ」ピートはにこやかに答えた。「このところ、どなたも中へはお通ししていないんですよ」

振り向いてアニーを見ると、彼女は肩をすくめ、名刺の名に覚えがないことを示した。

「博士と話をされたいのでしたら、まず危険物のチェックをさせていただきます」ピートは、相変わらずにこやかに説明した。

ジェームズはピートを見つめた。「冗談だろう？」

ピートはポーチに一歩踏み出し、背後のドアを完全に閉まる寸前まで引いた。「両手を頭の上に、両脚を開いてください」

「待ってくれ」ジェームズは言った。「わたしは銃を携帯しているよ。だが免許もあるし、合法だ」

「両手を頭の上に、両脚を開いて」ピートは繰り返した。

腕組みをしたジェームズの忍耐が限界に近いのは明らかだった。「きみが自分の仕事をまっとうしようとしていることはわかるんだが、大目に見るというわけにはいかんのかね。何もモロー博士を撃とうというつもりでここまで来たわけじゃない。お話ししたいだけだ」

「両手を頭の――」

「いいかげんにしてくれないか？」ジェームズはいらだたしげにピートの横をすり抜け、ドアに手を伸ばした。

あっという間のことで、まばたきでもしていたら見逃していただろうとアニーはつくづく思った。ジェームズがドアに向かった次の瞬間、ピートはその男をポーチの木製の柱に押さえつけ、危うい近さでその顔に拳銃を向けながら、もう片手で彼の顎を押し上げていた。

「テイラー、どうしたの？」アニーは声をあげて、戸口に出た。

　「ああ、お嬢さん」ジェームズが甲高い声で言った。「番犬を追い払っていただけませんか？」

　ピートはジェームズを放したが、銃口はぴたりと男の胸の中心に向けたままだった。

　「両手は頭にお願いします」穏やかに、彼は言った。

　「わたしにお話とのことですね、ミスター・ジェームズ？」アニーが尋ねる。

　ジェームズは不服そうに、薄くなってきた頭の上に両手をのせた。「こんな目に遭うとは思っていなかったんですがね」

　「すみません」アニーは謝った。「わたしの身辺で物騒なことが続いたものですから。テイラーは慎重にすぎるきらいがあるんです」

　「どうぞご用件を」ピートが言った。「モロー博士は非常に多忙ですので」

　ジェームズはむっとした顔でピートを見やってから、アニーに向き直った。「そういうことでしたら、なるべく手短にいきましょう。わたしのクライアントが、ベンジャミン・サリヴァンという方の所有で、最近あなたが保管される運びになった金のデスマスクの購入を検討されていましてね。現物チェックなし、保証なしで、四百万ドル支払うおつもりです」

　アニーは口をぽかんと開いた。「まさかそんな」

「そのまさかです。あなたがミスター・サリヴァンにこの申し出をご連絡のうえ、売却を承知させてくださったら、十パーセントの仲介料をお支払いするともおっしゃっています」

「でも、まだ鑑定が終わっていないわ」アニーは言った。「本物じゃない可能性もあるんですよ」

「クライアントは、本物であろうとなかろうと、この物件が欲しいとのご意向です。実を言いますと、このクライアントは別の鑑定家と個人的なお付き合いがあって、あなたではなくその方に鑑定をまかせたいということなんです」

アニーはゆっくりとうなずいた。「このデスマスクのどこが特別なのかしら？」

ジェームズはにやりとした。鮫《さめ》を思わせる笑顔だった。「わたしのクライアントは……まあ、エキセントリックとでもいうんでしょうかな？　その方の動機については、これ以上は申し上げかねます」

「どうしてご自分が仲介なさらないんです？」アニーは、彼女らしくずばりと尋ねた。

ジェームズは肩をすくめた。「やってはみたんですがね。ミスター・サリヴァンが電話に出てくださらないんですよ」

「わかりました」ようやくアニーは言った。「サリヴァンにお話しして、結果をあなたにご連絡します」

アニーとピートは、ジョセフ・ジェームズがキャデラックに乗り込み、私道を去っていくのを黙ったまま見送った。

「四十万ドルよ」アニーがうっとりと言う横で、ピートはドアを閉めて施錠し、警報装置の一時解除をキャンセルした。

「ずいぶん豪勢な話だな」

アニーは微笑んだ。「それだけあったら、フィールド調査が丸ごと一件まかなえるわ」熱を込めて言った。「ティリットのメキシコでの発掘を支援できる。共同リーダーとして発掘に参加して、一年かそこら泥にまみれて、新たな発見をして……。最後にキャンプしてから、もうどれだけ経《た》つと思う？」

ピートは、アニーの興奮ぶりに微笑みながら首を振った。「さあ」

「長すぎるくらいよ」彼女は歯を見せて笑うと、オフィスに消えた。

ベンジャミン・サリヴァンは市内に戻っており、電話口でアニーに温かみのこもった挨《あい》拶《さつ》をした。「実は」ボストンの上流階級に特有のアクセントで言う。「二日前に、きみのご両親と夕食をご一緒してね」

「元気でした？」アニーは尋ねた。「どこにいるんです？」

「元気で、パリに」サリヴァンは笑い声を漏らした。「わたしは途中降機《ストップオーバー》、ご両親はローマへ移動中だったんだ。お二人の本の執筆も順調に進んでいる。最初の草稿はできたそうだよ」

「それならよかったわ」アニーは息を深く吸って、単刀直入に切り出した。「ミスター・サリヴァン――」

「頼むよ、ベンと呼んでくれたまえ」彼がさえぎった。「ミスター・サリヴァンなんて呼ばれると、えらく年を取った気がするじゃないか」

「オーケー、ベン」アニーは、デスマスクを買い取りたいという話をざっと説明した。

ベンはすぐには返事をしなかった。「なるほど」ようやく彼は言った。「それはいささか残念だったね。ミスター・マーシャルとはもう契約を結んでしまったんだよ。そちらのコレクターが提示している金額の十分の一の値だがね」彼はため息をついた。「しかし妙だね、どうしてこれまでその申し出がなかったんだろう――それを売りに出すというのは、しばらく前に公言していたんだが」少しの間、言葉がとぎれた。「まあいい。売ることはできんよ」

「わかりました」アニーは言った。

ベンがくすりと笑った。「残念そうじゃないか、アニー。きみの取り分はどうなる予定だったんだい？　十パーセント？」

アニーは笑った。「ええ。そのお金があれば、いろいろと役に立つはずだったので。メキシコでの調査費用を調達したがっている友達がいて、四百万ドルの十パーセントなら申し分なかったんですけど」

「わたしの知っている人物かね？」ベンが興味をあらわにして尋ねた。

「ジェリー・ティリットのことはご存じですか？」

「会ったことはないが、いい評判しか聞かんね。専門はマヤだったかな」

「そうです。彼、大規模な交易の中心地と思われる現場を発見したんです。資金のめどがつけば、二月から発掘にかかる予定です」

「おもしろそうじゃないか。経理の者に検討させて、援助の方法を考えてみるよ」

アニーは笑った。「まあ、最高ですわ」

「仕事に戻らんとな。ミスター・ジェームズのクライアントの申し出を受けられなくて、すまなかったね」

「お気持が変わったら、お知らせくださいね」アニーは受話器を置いた。

視線を上げると、ピートが戸口に立って、こちらを見ていた。アニーはしかめっ面をしてみせた。「ベンは売らないんですって。でも、ティリットの調査の支援を考えてくれるから、まるっきり当てがはずれたわけでもないわ」

アニーはデスクの上の書類をあちこちにどけて、ジョセフ・ジェームズの名刺を探した。すばやく彼に電話をかけ、留守番電話に短いメッセージを入れると、デスクのいちばん上の引き出しに名刺を放《ほう》り込んだ。

ピートはオフィスに入ってきて、アニーの向かいに腰かけた。アニーが見上げると、彼の焦茶色の目が注がれていた。そのまなざしにとらわれてしまい、視線をそらすことができない。彼の、何かを求めるかのようなまなざし……でも、何を？　あの目にひそむ熱はなんなの？

電話がけたたましい音で鳴った。

アニーは飛び上がった。「ごめんなさい」

ピートに言ってから、受話器を取った。

「あなたを避けてなんかいないわよ」

ピートの耳に彼女がそう言うのが聞こえた。相手はニック・ヨークだ。間違いない。ピートは、歯ぎしりしたいのをこらえた。

「そうね」アニーが笑い声で言った。「たしかにそのとおり。認めるわ。あなたのことを避けていたの」言葉を切り、そして笑った。「ええ、でも何か持ってきてくれるのならお花がいいわ。わたしに調べさせたい出土品なんかじゃなくて」

ピートは立ち上がった。アニーが電話でいちゃついているのを聞く気にはなれない。その相手が自分よりもはるかに彼女にふさわしい人間なら、なおさらだ……。

アニーは、ピートが部屋を出るのを見ていた。ドアを閉める前に彼が振り返ったとき、わずかの間、目が合った。

　またあの目だわ、と彼女は思った。何かを求め、切望している。残念ながら、それはわたしではない。

11

金曜の朝は、晴れ渡っていた。非の打ちどころのない秋晴れだった。前の晩遅くまで仕事をしていたにもかかわらず早起きしたアニーは、いちばんいたんだジーンズをはき、古いノースリーブのTシャツに、襟ぐりのほつれかけたセーターを着込んだ。クロゼットの中を引っかき回して、作業用の手袋を何組か探し出す。

彼女は口笛を吹きながら、廊下を突っ切ってピートの部屋へ向かった。

ドアはいつものように開いていたが、彼はまだベッドの中だった。長くなってきた髪が乱れている。かみそりを当てる前の濃くなったひげだけでも危険な雰囲気なのに、シャツを脱いでたくましい筋肉をさらしていると、なおさら危ない感じがした。

アニーは、ピートと一緒にいるといつも感じるあの引力に負けまいと意を強くした。彼の胸の上に手袋を一組、放《ほう》り投げる。

しばらく手袋を見つめたピートは、片方の眉を上げてアニーを見上げた。「決闘を申し込むつもりなら、断るよ」

彼女は笑った。「落ち葉かき日和よ」

ピートはうつぶせに寝返って、目覚まし時計を見た。「まだ寝ていてもいいだろう？」

アニーは窓に歩み寄り、ブラインドを上げた。日差しが部屋いっぱいに降り注ぐ。「こんなお天気に寝てなんかいられる？」

まぶしさにピートは目を細めた。「落ち葉かきだって？」

「急いでやれば、キャラが来る前に片づけてしまえるわ」

アニーは部屋を出ようとしたが、ピートの声に引き止められた。「アニー」

ピートはジーンズをはきかけていた。アニーの目は、ボタンを留め、ジッパーを上げる彼の手に引き寄せられてしまった。何を見ているのよ、わたしったら。

「やめておいたほうがいい」ピートは、アニーの気まずさをさりげなく無視した。「建物の中にいたほうがずっと安全だ。庭では、狙《ねら》ってくださいというようなものだ。護衛がしにくくなる」

「ねえ、テイラー」アニーは言った。「今日みたいにうってつけの日は、そうそう来るものじゃないわ。悪いけど、これを逃す気はないの。下で待っているから」

アニーとピートが広い庭の半分も掃き終わらないうちに、キャラの車が私道に入ってきてしまった。いつにない暖かな日で、アニーはとうの昔にセーターを脱いでいた。着古したTシャツ一枚でも、背中と胸の谷間を汗が流れ落ちる。

「あら」アニーは言った。「作業時間の見通しが甘かったかしらね」

ピートは熊手《くまで》にもたれかかって彼女を見た。またあの目だわ、とアニーはいらだたしく思いながら、耳の後ろで無造作に髪を束ねた。なんだってあんな目でわたしを見るのかしら？

「警報装置の電源を入れておくと約束するなら、あとはやっておくよ」

「あら、そんなことしなくても……」

「かまわないよ」ピートは言い張った。「本当のところ、こうして外にいるのは気分がいいし。だが、電話は留守番電話にして、自分で取らないこと。ほんの少しでも不審なことがあったら、ぼくを呼ぶこと。すぐにだ。いいね？」

アニーは微笑《ほほえ》んだ。「わかったわ」

ピートが手を伸ばしてきたので、一瞬、彼に引き寄せられるのかとアニーの胸は高鳴った。だが、ピートは彼女の髪から一枚の枯れ葉をつまみ取って地面に捨てただけだった。アニーはすばやくきびすを返し、自分の目にちらりと浮かんだに違いない期待の色に彼が気づかなかったことを祈りながら、小走りに家の中に戻った。

アニーは自分を元気づけようと、あと何日でスタンド・アゲインスト・ザ・ストームのデスマスクの炭素年代測定結果が出るのか指折り数えてみた。せいぜい八日、もっと早いかもしれない。どうせあと八日で、彼はいなくなるのよ。

それでも、なぜかいっこうに心は晴れなかった。

昼食時、アニーはアイスティーにピーナッツバターとジャムのサンドイッチをピートに差し入れた。自分も一緒に座って食べ、それから目を閉じ、暖かな日光を顔に浴びた。彼女は朝のうちにシャワーを浴びて、明るい黄色のTシャツとジーンズに着替えていた。束ねずに下ろした髪が肩に広がり、そよ風を受けて輝いている。

ピートは芝生の上に仰向けになり、雲を眺めるふりをしていたが、本当はアニーの様子を見ていた。彼女の顔をあらゆる角度から見つくしたと思うたび、また新たな一面に気づかされる。こうして目を閉じ、祈りを捧《ささ》げるかのように太陽を仰ぐ彼女は、天使のように穏やかそうだ――アニー・モローのこんな表情は、ピートにとっては意外だった。

痛いほど彼女が欲しかった。しかし、アニーにテイラーと呼ばれるたび、彼女についた――つき続けている――うその大きさに平手打ちを食わされる。

何よりも悪いことに、ピートはアニーの潔白をもはや疑ってはいなかった。彼女は美術品窃盗には関与していない。命を賭《か》けてもかまわないほどの確信があった。数週間密着してきたが、それらしい電話を受けたこともかけたこともまったくない。開封した郵便物も机の上に出したままにしている――彼女は何一つ隠そうとしていない。

ぼくに対する気持を除いては。

ああ、彼女がこちらを見るときの、熱い思いのこもったあの目ときたら……。

アニーはゆっくりと目を開け、ピートに見つめられていることに気づいた。

とまどって、彼女は視線をそらした。そしてもう一度ピートを見ると、彼は起き上がってすりきれたカウボーイ・ブーツのつま先の泥をこそげ落としているところだった。

「今夜はデートなの」アニーは言った。

ピートの焦茶色の目がさっとアニーに向けられ、一瞬その顔に驚きの表情が浮かんだように見えた。しかし、それはあっという間に何ごともなかったかのようにかき消えてしまった。

「今夜は市内の近代美術館で資金調達のパーティがあるのよ。後援者とか助成金関係者とか、単なるお金持とかがいろいろ集まるの」アニーは苦笑いした。「それで、博物館や大学や民間の研究者が、こぞって資金獲得のチャンスをつかもうとするわけ。まあ雑談大会よね」

「その幸運なやつは?」ピートがきいた。

アニーはけげんそうに彼を見た。

「きみのお相手だよ。だれなんだ?」

「ニック・ヨークよ」

ピートがゆっくりうなずいた。

アニーは失望の波が打ち寄せるのを振り払った。いったい何を期待していたの？　ピートが嫉妬《しっと》するなんて本気で思ったの？　十中八九、彼はほっとしたんだわ。わたしがニックと出かければ、スターに憧《あこが》れる十代の少女みたいにのぼせたわたしと家で顔を合わせずにすむもの。

「仕事に戻らなければね」アニーは言って立ち上がり、ジーンズについた草を払った。そして家に引き返しかけた。

「アニー」

彼女は足を止め、ゆっくり振り返った。

リーバイスの広告さながらにぴったりとしたジーンズを腰ではき、日に焼けた筋肉を日光にきらめかせたピートが立っていた。

「お昼をありがとう」彼は言った。

その射るようなまなざしは、例の、見まがいようもない熱情に燃えていた。またあの目だわ。

アニーは頭を振り、胸のもやもやをいらだった笑いとともに吐き出した。「テイラー、あなたいったい、どういうつもりなの？」

ピートは目をしばたたいた。「え？」

「どういうつもりで、そんな目でわたしを見るの？」

ピートはうつむいた。「そんな目って?」口に出したものの、アニーが何を言っているのかは、いやというほどわかっていた。

「ああ、なんでもないわ」彼女はつぶやき、すたすたと家に戻っていった。

「警報装置を切らないでくれ」後ろから叫ぶピートの声にアニーは振り向かず、聞こえたしるしに片手を上げてみせた。

家に入っていくアニーを見送ってから、ピートは熊手を拾い上げ、再び作業に取りかかった。

アニーに言うべきだった。もしも真実を伝えたら、彼女はなんと言っただろう?

午後一時半、電話が鳴った。オフィスにいたアニーは思わず受話器を取ってしまってから、電話に出るなとピートに言われていたことを思い出した。

「麗しのアニー!」聞こえてきたのはおなじみの声だった。ニック・ヨークだ。「服装はどんなの?」

「ジーンズよ」アニーは答えた。「なぜ?」

「違うよ、今のことじゃないだろう、おばかさん」ニックが笑う。「今夜さ。何を着ていくつもり?」

オフィスの窓の外ではピートが枯れ葉の束をごみ容器に運んでいくところだった。「わからないわ。まだ考えていないの」

「今夜は気合いを入れておくれよ、ね？　小さなドレスで、脚も胸元も思いきり出してほしいんだ。ブルーがいいな、きみの目の色に合わせて。楽しみにしているよ」

「でも、れっきとした科学者としての評判を落としたくないわ」アニーは逆らった。

「きみはその分野の第一人者じゃないか」ニックがささやいた。「みんなだってわかっているよ。ハイヒールを履くと約束してくれるかい？」

「ブルーを着るのは約束するわ。小さなドレスとハイヒールについては、保証しかねるけど」

「けっこう」ニックは機嫌よく言った。「だけど、ぼくのことをほんのちょっとでも好きなら、今夜はハイヒールを履くんだよ。七時に迎えに行くから」

アニーは受話器を置いて、クロゼットの中の服を思い浮かべてみた。ブルーの服って何があったかしら？　新しいブルージーンズが一本。迎えに来たニックが、ジーンズと紺色のハイトップ・スニーカーを履いた彼女を見てどんな顔をするかと想像すると、笑いが込み上げた。それって最高かもしれないわ。

窓の外では、ピートが落ち葉をあらかた片づけてしまっていた。アニーは、小さなドレスをまとい、ハイヒールを履いた長い脚を見せながら階段を下りる自分を想像してみた。さっそうとピートの横をすり抜け、うれしそうにニックの頬にキスする。ニックと二人でスポーツカーに乗り込み、あんぐり口を開けて嫉妬するピートを尻目に走り去るのだ。口を開けてということはないわね、とアニーは思った。それに嫉妬もしないわ。ピートは気づきもしないでしょうよ。

彼女は立ち上がった。ピートはわたしが何を着ようと気に留めないかもしれないけれど、ニックは絶対に注目してくれる。傷ついた自尊心にぜひ必要な励ましも期待できそうだわ。

自室に向かってアニーは一段飛びに階段を上った。クロゼットの奥のどこかに、こういうときにこそぴったりな小さなドレスがあったはず。

部屋のドアが閉まっていたので、ノブに手をかけたまま躊躇《ちゅうちょ》した。変だわ。数時間前、昼食のお皿を下げたときから開けっ放しのはずなのに……。

キャラが来たのかもしれない。

アニーは階段を引き返し、キャラが古代鉄器のさびをせっせと落としている研究室へ入っていった。

「マクリーシュ、あなた二階へ行った？」

キャラは顔を上げ、少し考えた。「いいえ、今日は行っていないわ」

「ジェリーは？」アニーはなおもきいた。「昼休みにここに来たとき、上に行かなかった？」

「行っていないわ」キャラは言い、刷毛《はけ》を置いた。「どうして？　何かあったの？」

だが、アニーはすでに広間へ出ていったあとだった。彼女は玄関ドアを開けられるように警報装置を一時解除し、外に出た。

ピートは物置小屋のそばで防水シートをたたんでいた。「どうした？」すぐさまシートを放して、アニーに駆け寄る。

「ばかばかしいことかもしれないけど」アニーは言った。「わたしの部屋のドアが閉まっているの。開けておいたはずなのに。キャラは閉めていないし、ジェリーが来たときも階上《うえ》には行っていないから……」彼女は肩をすくめた。「たぶん風のせいよね」

ピートは建物を見上げ、鋭い目をすばやくアニーの部屋に注いだ。「窓は閉まっている。えらかったな。ドアを開けなくて。よく言いに来てくれた。それで正解だよ」

ピートはアニーの腕を取り、建物の壁沿いに玄関口へ急いだ。彼はいつの間にか後ろポケットのホルスターから取り出していた拳銃《けんじゅう》を前にかまえている。二人は屋内に入った。

ピートは長い階段を見上げ、それからアニーを見た。建物のどこかに侵入者がいるとしても、それがあのドアの向こうとはかぎらない。彼女が近くにいるほうが安全だ。

「後ろを離れないで」彼は小声で言った。

アニーがうなずくと、ピートは階段を上り始めた。彼女の部屋のそばまで行くとピートは、撃たれないようにドアの横の壁を背にした。そろそろと手を伸ばし、ノブを回す。一押しすると、ドアはふわりと開いた。

室内は暗く、カーテンがすべて閉まっていた。物音一つせず、何もかも静止している。

「シャワーのあとでカーテンを開けたはずよ」アニーがピートの耳元でささやいた。

彼はうなずいた。「下がって」そうささやき、拳銃を見て、安全装置がはずれているのを確認する。

アニーがピートの腕をつかんでそっと言った。「気をつけて、ピート」

警告抜きで、ピートは開いたドアの前に飛び出した。両腕を伸ばし、拳銃を握る右手を左手で支える。彼の突然の動きに驚いたこうもりの群れがアニーの部屋からいっせいに散った。

こうもり！

ピートは毒づき、周りできいきいと鳴き声をあげてばたつくこうもりをよけて頭をすくめた。

アニーはおびえた目で壁にへばりついている。ピートは彼女を床に引き倒し、上から覆いかぶさった。片手を伸ばしてドアの角をとらえ、急いで閉める。

「キャラ、研究室のドアを閉めるんだ！」ピートは叫んだ。

階下のドアがばたんと閉まるのが聞こえ、それから哀れに震えたキャラの声が続いた。

「きゃあ、何あれ、こうもり？」

何百匹という数だった。太陽のまぶしさにくらんで混乱したのか、翼をばたつかせて飛び交っている。

　ピートはアニーを引っぱって階段へ向かい、半ばかつぎ、半ば引きずるように下りていった。この場を離れなくてはならないのは、アニーが怖がっているからだけではない。こうもりは狂犬病を媒介する。彼女が噛《か》まれるのを防がなくてはならないが、おびただしい数のこうもりがそこら中にいる……。

　ピートは玄関までアニーを連れ出し、ドアを開けた。自由をかぎつけたのか、大量のこうもりが開いたドアにどっと押し寄せてきた。

　アニーはそれをよけようと必死で頭を下げた。が、間に合わなかった。方向感覚の狂ったこうもりが一匹、高度を下げて突進してきた。

　アニーの髪にこうもりがからまって、ぐいと引っぱられた。パニックに陥った彼女はそれをたたき払い、ピートから離れて前庭に駆けだした。こうもりも怖がってもがいていたが、ますますしっかりと髪にからみつくばかりだった。

「ピート！」アニーの叫びにピートはただちに駆けつけた。力強い指で髪からこうもりをむしり取り、地面に投げ捨てる。狂犬病、と彼は思った。このこうもりが狂犬病にかかっていたら？　ピートはブーツのかかとでこうもりを踏みつぶした。

　アニーの足はすくんでいた。だが、ピートの腕が彼女の体を包み、支えていた。ピートは少しずつかがみ、アニーを膝にのせて地面に座り込む格好になった。首にしがみついた彼女が震えているのがわかる。

しばらく抱きしめていると、アニーの鼓動が落ち着いてきた。そこでピートはアニーの指を解こうとしたが、彼女は放そうとしない。「ほら、いい子だから」彼はささやいた。「噛まれていないか、確かめないと」

ピートが調べ終えるころには救急隊が到着し、すぐあとに警察と消防車がやってきた。FBIまでもが駆り出されたことを、無地の大型車とダークスーツがありありと物語っている。最後に登場したのは有害生物駆除業者のワゴン車だった。救急隊がアニーの体を調べているかたわらで、防備服に身を固めた一組の男女が屋内に入り、残りのこうもりを駆除した。

警察は、郡の検査所で狂犬病の有無を調べるためアニーの髪にからまっていたこうもりを袋にしまった。調べたかぎりではアニーは噛まれていなかった。しかし、このこうもりが狂犬病にかかっていた場合は、やはり一連の狂犬病関係の注射を受けたほうがいいと警察官は言った。

有害生物駆除業者がはぐれたこうもりをようやく見つけ、すべて処理し終えたときには五時を回っていた。そのころには警報装置を取りつけた業者のワゴン車もやってきていた。先日、装置の設置に来たのと同じ男が、ロビーでピートとしきりに言い合っている。男はビデオセンサーが稼働していたのなら、警報を鳴らさずに屋内に侵入することは不可能だと主張していた。

「こうもりは屋根の穴から入り込んだんじゃないですかね」アニーが二人に近づいていくと、警報装置の業者がそう言うのが聞こえた。

「わたしの部屋のドアやカーテンを閉めたのもこうもりというわけ？」アニーは手厳しく言った。

ピートはアニーに目をやった。まだいくぶん青ざめてはいるが、ほぼ気力を取り戻し、目にも光が宿っている。

「装置はずっと稼働状態だった」ピートも口を添え、腕組みをして男に注意を戻した。「玄関ドアの一時解除は何度か使ったが、その都度、出入りを確認していたし、許可なく出入りする者は絶対いなかったんだ」

業者は肩をすくめた。「もう一度、装置をチェックしますよ」そう言って、コントロールパネルのほうへ戻っていった。

ピートはアニーのほうを向いた。「申し訳ない」

「もう、こうもりって最低だわ」

ピートの顔が曇った。「ぼくにとって最低なのは、ぼくが庭にいたときに何者かがきみの近くにいたという事実だ」彼は額をこすり、頭痛でもするかのような手つきで頭をなでた。「相手がその気なら」声がかすれる。「きみは殺されているところだった。ぼくはまるっきり役に立たなかっただろう」

「あんなのいたずらよ。脅かすだけのつもりだったんでしょう」アニーは悔しそうに笑った。「成功したわけよね」

「一度侵入できたということは、また侵入できるということだ」

「相手がその気なら殺せたと言ったのはあなたじゃない？　その気ではなかったのははっきりしているわ」

「今のところは、だ」ピートは首を振った。「警報装置をさらに強化するよう指示した。その設置がすむまで、ここに寝泊まりはしない。ホテルに行く。ＦＢＩのチームにも護衛の強化を頼んであるんだ」

アニーは腕を組んだ。「工芸品は？　ここの金庫には二百万ドルを超える価値のある古代遺物が入っているのよ。それを置いていくなんてできないわ」

「護衛を置く」ピートは言った。「二十四時間、家の外に。鍵《かぎ》も全部交換する手配をした」

アニーはピートを見つめた。「わたしが鍵の交換を望むかどうか、きいてみようとは思わなかったの？」いらだちのにじんだ声で尋ねる。何もそこまでしなくても……。

「きみが生存を望むのはきくまでもないと思って」

アニーは時計に目をやった。もう六時近い。一時間のうちに、今いる人たちに出ていってもらい、シャワーを浴びて着替えをしないと。「キャラはどこ？」研究室にだれもいないのに気づき、アニーはにわかに言った。

「オフィスだ。ＦＢＩの取り調べを受けている」

「取り調べ？」

「彼女にも容疑がかかっているんだ、アニー。この家の鍵を持っているのは、ぼくらを除けばキャラとティリットだけだ。ティリットがいつも言っているように本当に資金を欲しがっているとしたら――」

アニーの目は怒りに燃えていた。怒りにまかせて彼女は一歩踏み出した。「あなたが行って、キャラは容疑者なんかじゃないと言ってきてよ」

ピートは両手を掲げてアニーをなだめようとした。だが、むだだった。「アニー、しかたがないよ、キャラは一日中きみの部屋に行ける状況だったんだ。なんの関与もないという証拠は――」

「証拠が何よ」アニーは気色ばんだ。「さあ、キャラをいじめるのをやめさせる気があなたにないなら、わたしが行くわよ？」

ピートが返事をする間もなく、オフィスのドアが開き、ぼうっとした様子のキャラが出てきた。

「大丈夫？」アニーは友への気遣いに満ちた目で尋ねた。

キャラの下唇がわなないた。「アニー、こうもりを部屋に入れたことにわたしが関《かか》わっているなんて、あなたは思っていないわよね？」

「わかっているわよ、マクリーシュ」アニーは無理に軽い調子で言った。「二百匹ものこうもりをあなたが扱うところなんて、想像できっこないわ」

「まあ」キャラはおぼつかない笑みを浮かべた。

「あなたには二週間の有給休暇をとってもらうわ」

キャラは眉をひそめた。「今、そんな余裕はないはず――」

「マクリーシュ、ここで妙なことがあるたびにあなたが責められるのは忍びないわ。お互いのためよ。今夜かぎり、二週間経《た》つまで戻ってこないで」

「それじゃ、あなたを見捨てるような気がするわ」キャラは反対した。

「そんなことないわ。今夜、美術館で会いましょう。ね？」

「なんだって？」ピートが聞きとがめた。

「まあいやだわ、もうこんな時間」キャラは言った。「一時間前には家に戻っているつもりだったのに。ジェリーは早めに行きたがっているのよ……」そしてアニーを抱きしめた。

「あとでね」

キャラが出ていくのを、ピートは口を結んで見送った。それからアニーに向き直った。

「パーティには行くんじゃない」

アニーはつんと顎を上げた。「あら、行くわよ」

ピートは両手で自分の顔をなで下ろし、深呼吸して気を静めようとした。「アニー」彼は首を振った。「お互い、疲れきっている。こんなときにわざわざ人込みに出かけるべきじゃない。危険すぎるよ」

鍵の交換を事前に相談してくれていたら、キャラを救い出すべく立ち上がってくれていたら、素直に言うことを聞く気にもなったのに。実際、アニーは疲れていた。けれども腹を立てていた――手に負えない状況に対して、自分の生活がなくなってしまったことに対して、ピートに対して……。

「今日はデートなのよ」アニーは冷たく言った。「用意をしないと」

アニーがストッキングをはいていると、寝室のドアをノックする音が聞こえた。バスローブをはおり、ドアを開ける。ピートが廊下に立っていた。

「ニックが来たよ」彼は無表情で言った。「リビングで待っている」

アニーは目を合わせられずにうなずいた。「ありがとう」

閉めかけたドアをピートの手が止めた。「ぼくもシャワーを浴びてくる。勝手に行ってはだめだ」

アニーは腕を組んだ。「テイラー、わたし、デートに行くのよ。あなたがくっついてくるのをニックが喜ぶとは思えないんだけど」

「でも、きみを守るためだ。少なくともニック・ヨークからね」

アニーはきっとして見上げた。「ニックから守られるのをわたしが望んでいなかったら？」

無言のまま、ピートはただ彼女を見ていた。「着替えを持つのを忘れないでくれ」ようやく言った。「市内のホテルに泊まることになるから」

アニーはかちんときた。「ニックと帰ることにするかもしれないわよ」口に出してしまったとたんに、彼女は後悔した。

彼は打ちのめされたようだった。すかさず取り繕ったものの、その目には隠しきれないダメージが残っていた。「すまない。知らなかったよ……きみと彼がそういう……」

「違うの」あわててアニーは言った。「そういうんじゃ……ないわ。なんでそんなことを言ってしまったのかしら。ちょっと妬《や》いてもらいたかっただけなの」低い声で認めた。

「ごめんなさい」

「妬けたよ」ピートは言った。

アニーは彼と目を合わせ、首を振った。「やっぱり、あなたがどういうつもりなのかわからないわ、テイラー。あなたとうまくいったら本当にすてきでしょうに、そういう成り行きにはならないで。今夜わたしはニックと出かけるなんてね。ついてくるなら、目立たないようにお願いね。着るものはある？　フォーマルな集まりだから……」

「ぼくは大丈夫だ」ピートはドアを放した。

それはよかったわ。ドアをしっかり閉めながらアニーは思った。でも、わたしは大丈夫かしら？

12

七時二十分、アニーはハイヒールを履き、注意深い足取りでリビングルームに行った。タキシードに黒ネクタイでまばゆいばかりに決めたニックが立ち上がった。金色の髪に反射する光に負けないくらい明るく青い目を輝かせ、両手を差し伸べて歩み寄る。まず片頬にキス、そして反対の頬にもキスしてから、アニーの首に鼻をすりつけた。

「完璧《かんぺき》じゃないか」白い歯をちらりとのぞかせて笑う。「ここまですてきなドレスは予想していなかったな。髪を上げたきみは最高だね……小さな子がおめかしごっこをしているみたいだよ」

ピートは部屋の入口に無言で立ち、アニーを見ていた。ニックの言うとおりだと思う。品よくうなじを出したアニーは、切りそろえた少なめの前髪や、大きな青い目にふっくらした唇のせいか、髪を下ろしているときよりも幼く見えた。けれどそのドレスは、成熟しきった体をあらわにしている。ブルーのベルベット地で、オフショルダーの襟ぐりが胸の谷間に深く切り込んでいた。短い袖《そで》は、首の長さとなめらかな肩を際立たせ、ぴったりとフィットした身ごろに続く短いスカート部分は、体の曲線をあますところなく包んでいる。薄いストッキングをはいた優美な脚はすらりと伸び、その先は黒いベルベットのハイヒールに収まっていた。唯一のアクセサリーは、ぶら下がるタイプのコイン・シルバーのイヤリングだ。ナバホ族のものだとピートは気づいた。

「おや」ニックがピートに目を留めた。「どなたかな？」

ピートの姿を見たアニーは、目をみはった。均整のとれた体に合わせて完璧に仕立てられたタキシード。なでつけた髪、ひげ剃《そ》りをすませたばかりの頬。さっきまで庭でシャツを脱いで落ち葉かきをしていた危険な雰囲気の人物との唯一の共通点といえば、焦茶色に輝く目だけだった。

ピートは自分を抑えきれなかった。視線がつい上から下へ、下から上へとアニーの体をめぐり、そして彼女と目が合ってしまった。まずい、しっぽをつかまれたか。視線をアニーから引きはがすようにして、やみくもに床のペルシャ絨毯《じゅうたん》を見つめた。

アニーのほうも落ち着きを取り戻すのに苦労していた。ピートのむきだしの欲望を見たと思ったのは気のせいだったのかしら。いいえ、気のせいじゃないわ。言葉ではうまく説明できないけれど。

「ニック、ピート・テイラーよ」急に乱れた呼吸を隠しながら彼女は言った。「さっき、あなたをお通ししたでしょう。テイラー、こちらはニコラス・ヨーク博士」

二人は握手を交わした。アニーにはピートが無言でニックを値踏みしているのがわかった。ニックのほうはピートのことをあからさまに軽視していた。

「庭師かと思っていたよ」ニックは言った。「ぼくの勘違いだったようだね」

「テイラーはわたしのボディガードよ」

「冗談だろう?」

「アニーは命の危険にさらされているんだ」ピートの柔らかい西部なまりは、ニックの歯切れのいいイギリス英語とはまるで対照的だった。

「アニーだって?」ニックはピートが彼女のファーストネームを口にしたことにこだわった。彼はアニーを見た。「きみたちアメリカ人の悪いくせだよ。平等を重んじるあまり、使用人にもファーストネームで呼ばせるなんて」それからピートに向き直る。「今夜は休みをとりたまえ。ぼくはきみの分まで彼女を守れるから。きみ以上に、だな……ぼくのIQ値はおそらくきみの二倍以上だろうから」

「くだらないことを言わないで、ニック」

ニックはアニーのウエストに両腕を回して抱き寄せた。「とってもロマンチックな夜を用意したからね。市内へ向かうリムジンの後部席できみを誘惑しようと思ってさ」

ピートは歯を食いしばった。ニック・ヨークの白いタキシードシャツの胸ぐらを引っつかんで、黄金色に日焼けした小ぎれいな顔立ちをめちゃくちゃにしてやりたい衝動を押し殺すのはたやすかったが、そもそもそんな衝動を覚えてはいけないのだ。アニーが欲しいと言う資格などぼくにはないのだから。

「リムジン？」アニーはニックを引き離して言った。

ニックはにやりとした。「資金がどうしても欲しいんだ。今夜は援助金がたんまりぶら下がっているからね。どうせなら勝馬に乗りたいと思うのが人情だろう？　勝者をアピールするためにリムジンでご到着というわけさ。到着といえば、もう出かけないと。ビュッフェの料理を逃す手はない。ぼくにとっては今週唯一のまともな食事かもしれないからね」

「すぐ行くわ。鍵《かぎ》を全部確かめてきたいの」アニーはピートをあとに従えて研究室に行った。器具は片づいているし、シンクの掃除もできている。金庫の鍵もしっかりとかかっていた。戸口に戻りかけると、すぐ前にピートの顔があった。

目が合うと、また熱を帯びた視線が送られてくる。今度は彼は目をそらさなかった。

「きれいだよ」ピートは優しく言った。

その瞳の表情にアニーは魅せられ、じっと見入ってしまった。「ありがとう」

もう我慢できない。ピートは一歩、そしてもう一歩、前に踏み出した。

ああ、だめだ、キスしてしまう……。

ニックの声が外から聞こえてきた。「ねえ、うるさく言うのはいやだけど、本当にもう行かないと」

ピートは怒りと不満で燃えつきそうになり、ぷいときびすを返した。邪魔をしたニックと、ぐらついてしまった自分の心の弱さのどちらに腹が立っているのか、よくわからなかった。

アニーは研究室の明かりを消し、ドアに向かうピートのあとを急いで追った。

「じゃあ、準備はいいのかな？」ニックは笑顔でアニーの腕を取り、待たせていたリムジンへ導いた。

ピートはアニーのボストンバッグと自分のバックパックを運び出し、トランクに入れた。アニーに続いて座席に乗り込もうとしたところを、ニックに制止された。

「使用人は前だ」ニックは冷たい目で言った。「助手席が空いている」

ピートは慎重に当たり障りのない表情を保った。「今回は別だ」そう言って、後部席に乗り込む。そしてアニーの向かいの柔らかな革のシートに身を沈めた。

ニックがアニーの隣に乗って、リムジンはゆっくりと私道を出た。ピートは窓の外を見つめながら、これから始まる長い夜に立ち向かう覚悟を固めた。二度と彼女の目をのぞき込んではいけない――事態をますます悪くするだけなのだから。

近代美術館の中ではパーティがたけなわを迎えていた。中央フロアではオーケストラが奏でる音楽に合わせて人々が踊っている。ビュッフェ・テーブルも用意され、いいにおいのする料理が並んでいた。

ピートはアニーのイヴニング・ジャケットと二つの荷物をクロークに預けながらも、かたときも彼女から目を離さなかった。

ニックがアニーをさらってダンスフロアに出ていき、二人は昔の曲に合わせて優雅に身を揺らした。《スターダスト》か、とピートは思った。そして彼女とニックがはっきりと見えるよう、人込みのはずれに移動した。

アニーは大勢の中でひときわ目立っていた。いかにもこの場に、ニューヨークの社交界のきらびやかさになじんで見える。そしてニック・ヨークは、そんな彼女にいかにもふさわしく見えた。

ピートが見ていると、ニックが身をかがめてアニーの耳元で何か言った。アニーは気のない笑みを浮かべ、あたりを見回し、人込みに視線を走らせ――その視線がピートにたどり着いた。アニーが自分を探していたのだと気づいて、ピートははっとした。

離れたところにいても、見交わした視線はぱちぱちと火花でも散りそうな熱を放った。だがそのとき、ニックがアニーをくるりと回転させ、ピートを背にするよう向きを変えてしまった。

ピートは大きく息をつき、会場内を見渡して、トラブルの気配や変わった様子がないかと目を配った。刺客からすれば、こんな混雑した場にまぎれ込み、刃物で相手に深い傷を負わせるのは難しいことではない。すばやく一突きしても、被害者は押し合う人々のはざまで倒れることすらできないだろう。アニーのそばに行くためなら、身を挺《てい》して彼女をかばうためなら、どんな犠牲でも払うのに。アニーと踊るためなら、この腕に彼女を抱くためなら……。

オーケストラが演奏を終え、踊っていた人々が拍手した。ピートが見ていると、ニックはまた身をかがめてアニーに耳打ちし、料理のほうを指さした。

アニーはニックに手を取られ、ビュッフェ・テーブルに向かった。群衆越しに、最後にピートの姿を認めたあたりに目をやったが、もう彼の姿はない。

群衆の向こうにジェリー・ティリットの姿が見えた。「ちょっと失礼」アニーはニックにささやき、彼の腕から手を離した。ティリットに近づくと彼は、長身で肩幅の広い、カウボーイ・ハットをかぶった男性に懸命に話しかけているところだった。間近に行って初めて、それがほかならぬスティーヴン・マーシャルであることがわかった。アニーは二人に、にこやかに挨拶《あいさつ》した。

「ティリット博士、あなたがミスター・マーシャルの知り合いとは知らなかったわ」

顔では笑っていたが、ジェリーは気まずそうだった。「うん、まあね。せまい業界だし。

きみも承知のとおり……」

マーシャルはアニーの手を取って口づけをした。「どうだい？　首尾はいかがかな？」

アニーは握られた手を引っ込めた。「正直に言って、ちょっとばかり手を焼いているんです」

マーシャルの明るい茶色の目がおもしろそうに光った。「ティリット博士からこうもりの件を聞いたよ。ずいぶんたいへんだったろうね」

シャンパングラスの盆を持ったウェイターが通りかかり、マーシャルは器用に二つ取って麗々しい仕草で一つをアニーに渡した。彼女がそれを一口飲みながら会場内に目を配ると、いきなりピートの目に出会った。五メートルほど離れた位置で壁にもたれ、こちらを見ている。アニーはわざと彼に背を向けた。

「あのデスマスクについては一段落つきました」彼女はマーシャルに告げた。「あとは炭素年代測定の結果を待つばかりです」

マーシャルの顔に満面の笑みが広がった。「それは、けっこうだ」

ティリットが見るからにそわそわしているので、彼がマーシャルに資金援助の依頼を切り出す前に自分が会話に割り込んだのだとアニーは気づいた。「ティリット博士の今度のマヤ発掘計画についてはお聞きになりました？」水を向ける。「とても興味深いんですよ」

ティリットはありがたそうに微笑《ほほえ》んで、何度も練習してきた口上を述べ始めた。これまでにさんざん聞かされた話だったので、アニーは会話から気をそらして、シャンパンを飲みながら会場を見渡した。

ピート・テイラーは移動して、今度も彼女の視界にまともに入る位置に立っていた。

向こうが目をそらすまで見ていようとしたが、ピートの目の熱気は強まるばかりだった。まるで心理ゲームね、とアニーは思った。彼はわたしをいたぶっているだけなんだわ。

アニーはふっと視線をはずし、無難な男、ニックの元へ行こうとビュッフェ・テーブルに戻った。思わず笑ってしまう。わたしに無難と思われるなんて、ニックにとっては心外このうえない話よね。

ところがニックは、裕福そうな女性三人と熱心に話し込んでいた。ニック・ヨーク基金に高額の寄付を取りつけるべく口説いているのに違いない。

アニーは料理がのったテーブルをしかめっ面で見下ろしながら、科学的調査のための資金獲得に仲間たちが卑屈な態度にもならざるを得ないことを苦々しく考えめぐらし、来るべきではなかったと思った。

しかめっ面のまま、黒オリーブにつまようじを突き刺して口に放《ほう》り込み、彼女はテーブルを離れようとした。

「それしか食べないとは言わないでくれよ」

ぎょっとして見上げたところにピートの輝く瞳があった。数センチという至近距離に彼は立っていた。

アニーはあとずさりした。「少し目立ちすぎよ」

ピートは近づいた。「何か取ってあげようか？　座りたければ、空いているテーブルもある」

アニーは不信と熱望の入りまじった目でピートの顔をじっと見上げた。なおも彼は近づき、二人を隔てる空間があるかないかというところで止まった。

「どうしてこんなことをするの？」彼女は静かにきいた。

たしかにそうだ。どうしてこんなことをしているのだろう？　今夜、もしアニーとベッドをともにして自分の想《おも》いを遂げてしまえば、すべてが台なしになりかねないのは百も承知なのに。一瞬、彼女を連れて逃げてしまいたいという激しい想いがよぎる。美術品窃盗事件のことも、CIAのケンダル・ピーターソン部長のことも忘れて、国外へ脱出するのだ。ピート・テイラーとして残りの人生を生きる。そうすればアニーには知られずにすむ。ぼくの正体を告げずにすむ。

「どういうつもりなの？」アニーはささやいた。

「ぼくと踊ってくれ、アニー」ピートはかすれた声で言った。

アニーは喉がつかえるのを覚え、泣いてはいけないと心を鬼にして自分に命令した。

「よしてよ」声がかすかに震えるのを抑えきれない。「わたしの気持をもてあそぶのはよして、テイラー。よくわかっているくせに、わたしが……」彼女は目を閉じ、息を吸い込んだ。「あなたに焦がれているのは。ほら。認めたわよ。あなたの勝ちだわ。だから、もうかまわないで」

身を翻して、アニーは飛び込むような勢いで会場の反対側に向かった。こらえた涙でまぶたの裏がじんとしたが、群衆の中に知った顔を見つけるたびに、無理に明るく微笑んだ。家に帰りたくてたまらなかった。でも家は、さらに精巧な警報装置が設置されるまでは危険だからと立ち入り禁止になっている。

派手に飾り立てた会場の一端を占めているバーが目に入り、アニーはそちらへ向かった。背の高いグラスに入った冷たい炭酸水をもらってから、キャラを探そう。彼女と一緒に化粧室に行けば、ピートから離れられる……。

「モロー博士！　これはこれは！」

アニーが振り向くと、茶色いくせ毛の小柄な男が立っていた。太い金のブレスレットをつけ、タキシードの襟には白いカーネーションを挿している。アニーの仕事のいちばんのライバル、アリステア・ゴールデン博士だった。

「ゴールデン博士」アニーは言って、ゴールデンが差し出した手を握った。

「お仕事のほうはいかがですか？」目が覚めるような緑色の目で探りを入れながら、彼はきいた。

この人との会話はまるで尋問みたいね、とアニーは思った。言葉遣いではなく、見透かすようなその目つきのせいだ。蠅《はえ》を食べようと狙《ねら》っている蛙《かえる》が思い浮かぶ。わたしはその蠅なんだわ。

「まずまずですわ」アニーはごまかした。「そちらはいかが？」

「まずまずですよ」彼は言った。向こうもごまかしている。「近ごろ、物騒な目に遭っておられると聞きましたよ。なんでしたか……悪霊がどうとか？」

「うわさって広がるものね」アニーはつぶやいた。

ゴールデンがアニーの右肩越しに何か見ているので振り向くと、ピートが立っていた。

「お初にお目にかかる方ですね」ゴールデンが言った。

「こちらはアリステア・ゴールデン博士、こちらはピート・テイラー」アニーは手短に紹介した。男性二人が握手する。「テイラーはうちで働いているの」アニーは単なる雇い人というレッテルをわざと貼《は》った。「護衛なんです」ボディガードという言葉を避けたのは、あくまでも他人行儀に徹したかったからだ。「では、失礼」アニーは機をとらえて言い、ゴールデンの詮索《せんさく》好きな目からもピートの存在からも逃れた。

バーにたどり着く五メートルほど手前で、だれかに腕をつかまれた。振り向くまでもなくピートだとわかり、アニーは身をすくめた。

「アニー、話がある」千人もの人々が話したり笑う声と、二十人編成のオーケストラによる古いラブソングの演奏でざわめく中を、ピートの柔らかな西部なまりがすり抜けてきた。

アニーは振り返った。「いいえ、お断りよ。いいかげんにしてくれない、テイラー？　お願いだから。話したくないの」

「じゃあ、踊ってくれ」

アニーの目に怒りがほとばしった。「はっきり言うわよ。ノー。わかった？　ノーよ」

彼女はきびすを返したが、ピートが手首をとらえて引き戻した。「それなら聞いてくれ」

彼は言った。「きみは話さなくていいから」

「聞きたくない――」

「アニー、頼むから――」

「いとしのアニー！」いきなり現れたニック・ヨークに、二人は肝をつぶした。「ぼくらの曲だよ！」

ニックはアニーをダンスフロアに引っぱり出し、彼女を両腕に抱いた。アニーはニックの肩越しにピートに目をやった。彼はやるせなさそうに首をかすかに振った。そしてピートが目を上げてアニーと視線を合わせたそのとき、彼女は息をのんだ。この数週間、わたしを混乱させてきた例のあの目だ。

どっと疲れが押し寄せ、アニーはよろめいた。体に回されたニックの腕がなければ倒れてしまうところだった。

「ニック、くたびれたわ」アニーはニックの目を見上げていった。「帰りたい」

「タクシーを呼ぼうか？」そうきいてから、それがずいぶんな言い草であることに気づいたニックは、付け加えた。「ぼくはまだ帰れないよ、アニー」彼の目はまじめで、恥じ入る様子を見せるだけの礼儀もわきまえていた。「ごめん、悪いけど、後援者のつてが二、三できたから——」

「いいのよ」アニーは言った。本心だった。ニックが三時間も早くパーティ会場を去ろうとはまったく思っていなかった。「タクシーなら自分で——」

「おっと、ハンプトン・ヘイズご夫妻じゃないか。ドアに向かっている。アニー、彼らは神をもしのぐ金持だ、話しかけない手はないよ。また電話して」

ニックは、踊る人々の中にアニーを一人残していってしまった。ニックという人は。あんなに当てにならない人は、またとはいないわね。

「パートナー・チェンジを申し込もうとしたところだったが、どうやら相手が先に権利を放棄したようだね」

ピートだ。

振り向くとそこに立っていた彼は、言葉一つ、身動き一つの間も与えずアニーを抱き取った。

天国だった。

ぐっと引き寄せられると、彼の鼓動が伝わってきた。力強い腕だがアニーを支える手つきは優しく、一方の手をウエストに添え、もう一方は彼女の手を握っていた。

アニーは目を閉じ、ピートに体を預けた。これは夢に違いない。たしかに、こんなふうにピートに抱かれることを幾度となく夢見たものだ。ためらうことなくアニーは抵抗の姿勢を崩した。手を離してピートの首にかけ、彼を引き寄せながら、柔らかな髪に指をくぐらせた。

ウエストに回された両腕に力がこもるのを受けてアニーが見上げると、ピートの目の中に欲望がわき上がっていた。彼はドレスの後ろの深いV字のくりに手をやり、なめらかな肩へ、そしてまた下へとアニーの素肌に指を滑らせた。

「アニー」ピートはささやいた。「アニー……」

ピートはすっかり我を忘れていた。話があると言ったものの、何を話せばいいのだ？ぼくはＣＩＡの局員だ、とは言えない。それはできない。

きみを愛していると言うのはかまわない。

彼女もぼくを愛してくれていますようにと祈るのもかまわないだろう。その愛で、ぼくが今までついてきたうそを許してほしい。

互いに腿を密着させつつ前後に揺れ、踊っているふりをしながら、アニーはまたピートを見上げて底なしに深い彼の瞳に我を忘れた。

なぜキスしてくれないの？

もう我慢できない。アニーはつま先立ちになり、ピートの首を引き寄せ、唇で唇をかすめた。「キスして、テイラー」誘うように唇を開いた。

ピートは、半ば笑うような、半ばうめくような声を出した。「できない」

彼女がピートの腕の中で身を引けるだけ引いた。「どうして？」

アニーの目に欲求不満と疑問、それにかすかな傷心が見えた。誤解だ。ぼくがキスしたくないのだと思っている。ああ、彼女が知ってさえいたら……。

彼は手を上げてアニーの顔に触れ、親指で唇を優しくなぞった。「アニー、きみが欲しい」静かに言った。「でも、きみを守るのがぼくの仕事だ。キスしながら異常を察知することはできないだろう？」

アニーが腕の中で震えているのがわかる。「目を開けてキスして」

「無理だ」ピートは首を振った。「きみにキスするときに、よそ見はできない」

見つめ合ったまま数秒が過ぎ、その間彼女は呼吸できずにいた。なぜ今回はこうなの？

頭に疑問が浮かび続ける。あの夜のわたしの誘いに彼は背を向けた。わたしを自分のものにできたのに断った。今になってわたしを欲しいと言うのはどういうわけ？

考えるのはやめなさい、と彼女は自分に命令した。詮索しない、質問しない、これを台なしにしてはだめよ。

アニーは不安げに唇を湿らせた。「目を開けてキスするのがだめなら、あなたが安心して目を閉じられる場所に行くしかないわ」

彼女のうなじに触れてから、ピートは指で柔肌をそっとなぞった。「それがよさそうだ」

ピートはアニーの手を取り、ダンスフロアから連れ出した。後ろを振り返って彼女を見る。柔らかでなめらかな肌、美しい顔、彼を信じて疑わない大きな青い目……。彼は内心で激しく自分を呪《のろ》った。自制心がとうの昔に消え去っているのを思い知りながら、そして、アニーが真実を知っても許してくれることを祈りながら。

13

夜気の冷たさにもかかわらず、町の通りは込み合っていた。

ピートは右肩に自分のバックパックとアニーのボストンバッグを下げていた。反対側の腕は、アニーの肩をしっかりと抱いている。アニーが彼を見上げ、微笑《ほほえ》もうとした。彼女も自分と同じくらい不安になっているらしい。

「どこへ行くの？」アニーが尋ねた。

「ウェストサイドに、知っている場所がある」言いながら、ピートは肩越しに何気なく後ろを見た。だがその目は鋭く、さっと見回しただけでも、周りの人や車の小さな動きを何一つ見逃さなかった。

「歩くの？　いつもなら平気なんだけど。この靴が歩くのにはあまり向いていなくて――ちょっと！」

一瞬のうちにピートは、アニーを両腕で抱き上げていた。

「タクシーに乗るとか、そういうことを考えていたのに」彼女はそう言って、ピートの首に両腕を回した。「でも、これはいいわね」目を閉じ、頭を彼の肩に預ける。「本当に、これは病みつきになりそうよ」

「タクシーに乗るつもりだよ」アニーをかかえて道を渡りながら、ピートは言った。「美術館にあまり近くないところでタクシーを拾いたかったんだ。そうすれば、あとをつけられにくい」

ピートはアニーを歩道にそっと下ろしたが、アニーは首に回した腕をはずそうとしなかった。「とても安全に感じるけど、本当にまだわたしにキスできないの？」

「間違いなくまだだ」見下ろす顔に笑みが浮かび、厳しい顔の線が和らいだ。「射撃場の的にされているような気分だからね。もし今、きみにキスをするのなら、ほんの一瞬で終わりにしなきゃならない」ピートはアニーの魅力的な青い目を遠慮なくのぞき込んだ。

「でもアニー、ついにキスをするときには、長い長いキスになる」

アニーは微笑んだ。「すてきだわ、テイラー」

テイラー。そうだった。ピートは思わず顔をそむけた。自分が本当はだれなのか、なぜボディガードとして送り込まれたのかを話したあとも、アニーはまだこんなふうに微笑んでくれるだろうか。お願いだ。ピートは知っているかぎりの神に祈った。どうか彼女がぼくを許してくれますように……。

視線を戻すと、アニーはまだこちらに微笑みを向けていた。「思ったんだけど、タクシーの中なら安全だから、キスできるんじゃないかしら？」

ピートはアニーの体に両腕を回し、ぐっと抱き寄せた。「今よりはいいだろうね」彼は柔らかい髪に唇を寄せて、つぶやいた。

ピートはしぶしぶながらアニーの両手を首から引き離し、歩道の縁石に向かって足を踏み出した。同じブロックの先のほうで信号が青に変わり、ヘッドライトの群れが壁のように迫ってきた。遠すぎて、普通の車とタクシーの見分けがつかなかったが、ほかの車より速いスピードでやってくる一台の車があった。運転手が二人を見つけたかのように、右へと車線変更してくる。ピートは片手を上げて合図した。

その屋根にタクシーを示すライトがないばかりか、速度を上げて近づいてくるのにピートは気づいた。何かおかしい。絶対に何かがおかしい……。

ピートは振り向き、腹に猛烈なパンチを食らったような恐怖に襲われた。アニーがいない！　どこへ行ったんだ？

急いで探し、数メートル先で電話ボックスにもたれているのを見つけた。片足立ちで、危険にまったく気づかずに落ち着いた様子だ。片方の靴を持ち、かかとの靴ずれを調べようと優雅に脚を曲げている。

ピートはボストンバッグを取り落とし、全力疾走でアニーの元へ行くと、車が速度を上げて縁石を乗り越えて歩道に乗り上げると同時に、彼女のウエストをつかんだ。周囲のすべてがスローモーションに変わった。視界の端にはアニーの驚いた表情が見え、片方の靴が手を離れ、くるくる舞って飛んでいった。目の前には店があり、歩道から引っ込んだところにドアがある。あそこまで行けば助かるだろう。だがそこまでの道のりは長く、決して到達できないゴールに続いているように感じられた。

車が近づいてきて、運転手の顔が見えた。男は激情に顔をゆがめ、歯をむいていた。その目は狂気じみている。これまでの訓練の効果が現れて、ピートは車のプレートにさっと目を走らせ、三つの数字と三つの文字を瞬時に記憶にとどめた。

なんとしてもアニーを死なせるわけにはいかない。それにぼくだって、断じて死んでしまうわけにはいかない。今はだめだ。これまでで最高の生きがいをようやく見つけたところなのに。

超人的な努力で、ピートは張った筋肉にさらに鞭打《むち》ち、アニーとともに店先に倒れ込んだ。すんでのところで車は二人をそれたが、電話ボックスをなぎ倒し、百メートル以上引きずってから走り去った。

ピートは倒れるときに本能的に体を回転させ、アニーをかかえて守った。ざらついたコンクリートの上で体が横滑りし、タキシードの上着の左袖《ひだりそで》が引きちぎれた。肩をひどくすったが、膝の上にアニーを引き寄せると、安堵《あんど》感しか感じなかった。

急いで彼女の腕や脚を両手で触り、どこも大きなけがのないことを確認した。右膝がすりむけ、ストッキングが破れているが、それ以外は大丈夫だった。

「ピート、血が出ているわ」アニーのはっきりした声が聞こえた。

見上げると、先ほどの自分と同じくらい注意深く、彼女が全身を調べてくれていた。片肘に加えて左膝がひどいありさまで、高級なタキシードの生地に血がにじんでいた。肩には目を向けられなかった――見たくなかった。

ピートは痛みをこらえて立ち上がり、アニーを引っぱって立たせた。やじうまが集まっていたので、大勢の好奇の目から逃れたかった。

「あいつが戻ってくる前に、ここから離れよう」ピートは言った。バックパックはまだ背負っていたが、アニーのボストンバッグは奇跡的に盗まれずに、落としたところにまだ落ちていた。痛みにたじろぎながらも、彼はかがんでバッグを拾った。その柔らかい革の表面に、まぎれもないタイヤの跡がある。

群衆の中のだれかが、なくなっていた靴をアニーに手渡してくれた。

事故現場を見ようと何台かの車が止まっていて、そのうちの一台がタクシーだった。非番を示すライトが点灯していたが、ピートが札入れから二十ドル札を何枚か取り出すと、喜んで仕事に戻った。

「マディソンスクエアガーデンまで」ピートは言った。「それと、非番のライトをつけたままにしてくれたら、もう五十ドル払うよ」

「でも、違法なんで――」

「百ドルだ」

「わかったよ」

タクシーが縁石を離れるとき、ピートはアニーを伏せさせて自分も伏せ、二人ともシートに横になって外から見えないようにした。

「大丈夫かい?」

アニーはうなずき、ピートが頼みの綱であるかのように、その目をのぞき込んだ。「だれかがわたしたちを殺そうとしたのね?」

「ああ」

アニーはピートの目をのぞき込んだまま、もう一度うなずいた。「あなたは大丈夫なの?」

「大丈夫だ」タクシーが路面のくぼみを通り、車のサスペンションがきしんだ。ばらけて肩に垂れてしまったアニーの髪を、ピートは顔から払いのけてやった。「今すぐ同じ質問をもう一度してくれ」彼はつぶやいた。「大丈夫どころかそれ以上の気分にまでなれそうだから」

ピートはアニーに優しくキスした。かすかに唇をかすめただけの軽いキスだった。アニーは微笑み、もっとというように唇を彼の唇に近づけてきた。今度は甘いキスをゆっくりと彼女に送ると、ピートの鼓動は速まり、血が全身の血管を駆けめぐった。「マディソンスクエアガーデンだよ」運転手が告げた。「えっと、このブロックをもう何周か回ろうかね」

アニーはにっこりした。「後ろで何をしていると思っているのかしら?」ピートの耳元でささやく。

「たぶん、ぼくたちがしているとおりのことさ」彼もささやき返し、アニーの首にキスした。「ああ、このまま回ってくれ」声を大きくして運転手に言う。それから少し体を起こし、後ろの窓から外をうかがえる体勢にした。

あとを追ってくる車はなく、ブロックを三回きっかり回ってから、二人は車を降りた。タクシーが縁石を離れるやいなや、ピートは別のタクシーを止めた。二人で急いで乗り込む。

「ラガーディア空港へ」ピートは運転手に告げた。

一時間半後、ようやく着いた場所は、セントラルパークを見下ろすぜいたくなホテルだった。広くて上品な部屋は、ばら色とワインカラーを使った装飾が落ち着いた雰囲気で、壁紙は美しい花模様。英国式の庭園みたい、とアニーは思った。テーブルと数脚の椅子が窓際の隅に置かれ、ソファと、たっぷり詰め物をした椅子が数脚、火のない暖炉の周りに並べられ、壁際には大きなベッドがあった。一つだけ。アニーはベッドから視線をはずし、ピートを見た。

「ほら、あなたがタクシーの運転手に、空港へやってくれるように言ったときね。あのときしばらくは、町を出る次の飛行機に乗るつもりなんだと思っていたわ」

ピートはドアのチェーンをかけてから、鍵《かぎ》を閉めた。「町を出ようと言ったら、ついてきたかい？」

「ええ」一瞬のためらいもなく、アニーは答えた。「あなたがそう言うのなら」

アニーは絶対的にぼくを信頼している。なのにぼくが彼女に話したことといえば、うそか、半分はうそのことばかりだ。本当のことを知ったとき彼女がぼくに対して怒り狂っても、二度とぼくのことを信用しなくなっても、それは当然だ。

ピートが椅子を引き寄せ、ドアノブの下にしっかりと押しつけるのをアニーは見ていた。彼は、いつもより静かで言葉少なになっている。何かを隠しているかのように。ここは本当に安全なの？

「わたしたち、安全なの？」彼女は尋ねた。

二人の目が合い、そのとたん電気がはじけて音をたてたかのように思えた。

安全ならば、ぼくはリラックスできる。目を閉じて、アニーにキスすることができる。そして、目を閉じてキスすることができるのなら……。

「ああ」彼は言った。「今のところはね」

そのまなざしは熱く燃えていて、アニーは目をそらさずにいられなかった。床のボストンバッグに目をやると、革の表面にタイヤの跡がついているのが見えた。彼女は青い目を大きく見開いて、もう一度ピートを見上げた。「もう少しであなたを死なせるところだったのね？」

ピートは首を振った。痛みをこらえながらタキシードのジャケットの残骸《ざんがい》を脱ぎ捨て、袖にうまく隠してあった小銃をテーブルに置いた。「ぼくに対していつまでも罪悪感を持つのはやめてくれ、アニー。この仕事を引き受けたときに、どういう状況に巻き込まれるかはちゃんとわかっていたんだから」ズボンの後ろにたくしこんであったもう一丁の銃を取り出す。

「本当にわかっていた？」

ピートは振り向き、アニーを見て息をのんだ。彼女もイヴニング・ジャケットを脱いで、目の前に立っていた。

「いいや」なんとか答えたが、欲望が声に出るのを隠せなかった。「手がかり一つなかったよ」

どれほど彼女を求めているかを隠すことができない。顔にそれがはっきりと出ているのが自分でわかる。ピートはさっと背を向けて、ショルダー・ホルスターをはずし、中の銃をほかの銃と一緒に置いた。

アニーはゆっくりとピートのほうに歩いていった。「お願い、テイラー。ファスナーを下ろしてくれる？」

彼女はくるりと向きを変え、髪を片方の肩の前にやり、ほっそりした首となめらかな背中を見せて、待った。しばらくして、ピートの大きな指がファスナーの小さな取っ手にそっとかかり、ゆっくりと引き下ろした。彼が息を深く吸い込むのが聞こえた。

「シャワーを浴びておいで」その息を吐きながら、ピートは言った。

彼はしばし目を閉じ、アニーが行ってくれるように願った。だが、彼女は行かなかった。彼が目を開くと、まだ目の前に立っていた。もうあらがえない。

ピートが肩に触れ、たこのできた指が柔らかな肌をなでると、アニーは喜びにため息をついた。

「アニー」耳元でピートがささやく。「ぼくこそシャワーを浴びなければ……冷たいやつを」

「もっといい考えがあるわ」アニーは言って振り向き、ピートと顔を合わせた。その目に燃える情熱を見れば、彼女が何を考えているかは疑う余地がなかった。

アニーは一歩近づき、二人の間でだんだん狭まっていた空間をなくした。そのとたんにピートは彼女を両腕に抱き、唇を重ねた。

今度のキスは、タクシーの後部座席でしたような甘いキスではなかった。長い間抑え込んでいた感情と欲望が爆発したキスだった。ピートは体を密着させながら、飢えたように、狂ったようにキスを繰り返した。アニーの舌を喜んで迎え入れる。アニーがうめき声をあげると、その低く官能的な声に、彼は脚の力が抜けてくずおれてしまいそうになった。それからアニーの唇をさっとなめ、舌を強引に滑り込ませ、自分のものだと宣言した。

アニーが再び自分のうめき声を聞いたのは、ピートの両手がヒップまで下がってきて、鉄のように固くなった高まりに彼女の体を押しつけたときだった。さらに激しい熱に満たされるのを感じながら、アニーは片方の脚をピートの体に巻きつけ、ぴったりと寄り添った。彼の片手が、腿を覆ったなめらかなナイロン地を上へと滑っていき、ドレスの下にもぐり込むのが感じられた。

突然、ピートは荒々しく体を引き離した。二人の間にできるだけ距離を置こうとするかのように、部屋の向こうへ行ってしまった。またなの？　アニーはいらいらしながら、ピートが遠くの壁に寄りかかって両方のてのひらを額に当てるのを見ていた。

「アニー、きみと愛し合いたくてたまらないよ」ピートは言った。「でも、先に話をしないと。きみに話せずにいることがあるのを知ってもら……」

アニーはするりとドレスを脱ぎ、靴を部屋の隅に蹴飛《けと》ばした。身につけているのは、黒いシルクのパンティと、そのすぐ上までの黒のビスチェ。ピートが催眠術でもかけられたかのように見入っている前で、彼女はずたずたに裂けたストッキングをはぎ取り、ごみ箱に放《ほう》り込んだ。

アニーはピートのそばに行った。「こうもりの群れに襲われたうえに、気の狂っただれかに轢《ひ》かれそうになったわ。ほんの数時間の間にね。もうたくさんよ。話なんかしたくない。面倒なことはごめんだわ。それに、あなたと愛し合うチャンスがないままに殺されるんじゃないかと心配しなければならないのはいやよ」

「アニー――」

彼女はピートの唇に手を当てた。「明日話してちょうだい」そう言って、青い目で訴える。「お願い」

この前下着だけのアニーを見たときは、今と同じくらい近くに立っていたが、分厚いガラスの向こう側だった。今は二人の間になんの障害物もない。ピートは抑えきれず、彼女に手を差し伸べた。

アニーが進んで自分からピートの腕に飛び込み、キスをすると同時に、彼の両手が彼女の体を滑り、なで、触れ、探った。アニーはぎこちない指遣いでピートのシャツのボタンをはずし、ついにシャツがはだけると、彼の胸のたくましくなめらかな筋肉に両方のてのひらを当てて、上下に這《は》わせた。

「わたしを抱いて、ピート」彼女はささやいた。

ピートはいきなりアニーを腕にすくい上げ、大きなベッドへと運んでいった。片方の腕で彼女をかかえるようにしながら、上掛けをつかんで引きはがす。白い清潔なシーツにアニーを横たえて上になり、目に、口に、首にとキスの雨を降らせ、徐々に下がっていって胸まで達した。欲望にもう硬くなっているつぼみの一方を口に含み、ブラジャーの繊細なレース越しに吸ったり引いたりする。アニーの背中の鉤《かぎ》ホックを両手ではずしたが、それはいくつも並んだ留め具の一つにすぎなかった。ピートは不満げにうめきながら、彼女をうつぶせにした。目と指を一緒に使うと、ブラジャーは簡単にはずれ、たちまち床に放り投げられた。

ピートは起き上がり、肩と肘のすり傷の痛みをものともせず、シャツを脱ぎ捨てた。アニーが起き上がってくる。その胸はふっくらと丸く、先端は誘うように張りつめている。

こんなふうに彼女と愛し合うのは間違っている。だが、間違いであろうとなかろうと、もうあと戻りはできない。この期におよんでアニーから身を遠ざけられる方法はただ一つ、彼女にやめてと懇願されることだけだ。アニーのほっそりした指がピートのズボンのウエストにあるボタンをはずしにかかり、彼はうめき声をあげた。だめだ、彼女はどう見てもやめたいとは思っていない。

ピートはアニーの手を取って下へ持っていき、ズボンの中で固くなっている高まりに押しつけた。二人の視線がからみ合う。互いの目に、急がなければという欲求を認め合った二人は、熱い笑みを交わした。ピートは靴を脱ぎ捨て、アニーはズボンを脱がせにかかった。彼は腰を浮かせてズボンと下着を同時に引き下ろし、それから彼女の片手が彼の欲望の証《あかし》を包み込むと同時に喜びにうめいた。そしてアニーに覆いかぶさると、熱に浮かされたようにキスの雨を降らせた。

ピートは片手をアニーの黒いシルクのパンティの下に滑り込ませた。脚の間は熱く湿りを帯びていて、準備が整っているのを知らせていた。さらに奥まった部分へと指を滑らせると、彼女は声をあげ、腰を浮かせてピートの体に押しつけた。

「ピート」アニーがかすれた声でささやき、情熱に燃える目で彼を見上げた。「お願い……」

黒のパンティもブラジャーに続いて床に放り投げられた。ピートは急いでズボンを取り、ポケットを探って、数週間前に札入れに入れておいたコンドームを出した。これを用意したときは、アニーは調査すべき容疑者にすぎなかった。これをポケットに入れたのは、楽しいセックスを期待してのことだった。美しい敵との戯れ――それぐらいにしか考えていなかった。だが今、それをつける両手が震えているのは、単なる性的欲求以上の理由があるからだ。

ピートはアニーのそばに戻り、世界の終わりが近づいてでもいるかのようにキスをした。ピートが覆いかぶさると、アニーは彼のなめらかで力強い背中に腕を回し、体をさらにぴったりと引き寄せて、彼を受け入れようと身を開いた。だがピートはためらい、腕と胸の筋肉を緊張させて彼女を見下ろした。

「愛しているよ」彼はささやいた。「アニー、きみを心から愛している」

アニーは目に涙があふれるのを感じた。ピートがわたしを愛してくれている……。

「このことを決して忘れないと約束してくれ」ピートは、あふれる感情にかすれる声で言った。

「忘れられるはずがないでしょう?」アニーは言って、ピートの頭を引き寄せ、唇を合わせた。キスをしながら彼の体を引き寄せて、もっと、もっととせがむ。腰を浮かせ、彼の高まりに押しつけて、あなたが欲しいと訴えた。

ピートが一気に彼女を貫くと、二人とも叫び声をあげた。その声は、しんと静まり返った部屋の中でからみ合うように響いた。

そこには完璧《かんぺき》な調和があった。そろって動く二人の体の動きにも。周りの空気に充満しているように感じられる互いの感情にも。それは堂々たる自然の調和のようで、コロラドの山のいただきと、それを覆う青い空とが結ばれたかのような完璧さだった。二つの体、二つの心、二つの魂が、ついに一つになったのだ。

アニーははじけた。腕の中の彼に注いでいる、目や、耳や、あちこちの感覚がくらくらする。彼女は喜びの波の中で、ピートが自分の名前を呼ぶのを聞き、めくるめくような解放感に身を震わせるのを感じた。

アニーはピートを抱きしめたまま、互いの鼓動が落ち着き始めるのを感じていた。ピートはアニーの上でぐったりしていたが、彼女はまだ彼を抱いて、しっかりと体を合わせ、時間が止まればいい、この特別な場所に永遠にとどまりたいと願っていた。

ピートの呼吸がゆっくりと規則正しく、リラックスした深いものになった。

「テイラー、起きている?」アニーはささやいた。

ピートが頭を上げると、アニーの青い目をまっすぐ見つめる格好になった。「ああ」彼は言って微笑んだ。彼がゆっくりと浮かべた満足げな微笑みに、アニーの心臓は瞬時にひっくり返りそうになった。

「わたしも、あなたを愛しているわ」アニーが言うと、彼はしばらく目を閉じ、その温かい言葉が心を包むのを味わった。彼女はぼくを愛してくれている。

「ピート、あの夜はなぜ、部屋を出ていったの?」

「あそこにいることはできなかった」アニーの眉を指でたどりながら、ピートは言った。

「そうしたかったが、できなかったんだ」

「どうして?」

どう説明すればいちばんいいのか確信が持てず、ピートは首を振った。「ぼくが望んでいたのは……今も望んでいるのは……ただの体の関係以上のものなんだ」やっとのことで彼は言った。「たった一晩や二晩とか、二カ月の間の関係というのではなく、それ以上を望んでいる。ずっと続く関係にしたいんだ、アニー。ぼくはきみと結婚――」

「いいわよ」アニーがピートの言葉をさえぎった。

彼は笑った。「でも、ぼくはまだ……」深く息を吸い、話を続けた。「きみに知らせておかなければいけないことがある。それからでないと、結婚を申し込むこともできないよ」

目には深い愛を、表情にはあふれんばかりの感情をたたえながら、ピートはアニーを見つめていた。彼女は首を振った。「愛しているわ、ピート」率直な言葉だった。「それに、あなたが何を話そうと、あなたを愛するのをやめられはしないわ」

ピートは仰向けになりながらアニーを引き寄せ、しっかりと抱いた。「そうならいいんだが」

14

夜が明けても外は寒く、どんよりと曇っていたが、ホテルのベッドでピートの腕に抱かれていると、暖かくて安心だった。アニーは長い髪を枕《まくら》に広げ、両脚をピートの脚に具合よくからませて、すやすやと眠っていた。

ピートは眠る彼女を見つめた。眠っている姿を見たことはあったが、自分の腕の中で眠っているのを見るのは、今が初めてだった。

アニーはぼくを愛してくれている。

昨夜、彼女は何度も繰り返しそう言ったし、言葉以上のものでそのことを伝えた。彼女の鼻のそばかすや、まつげが頬にかかっているのをしげしげと見つめながら、無理と知りつつピートは願った。ぼくへのその愛の深さで、真実を受け止めてくれますように。

ピートが考えあぐねていたのは、いつ、どの瞬間に自分の正体について切り出すかということだった。調査がすむまで待たなければならないのは当然だ。だが、それもそう先のことではないだろう——アニー・モローはどんな陰謀にも加担していないと思われると書いたピートの報告書を、ホイットリー・スコットが受け取れば間もなくだ。

報告書が正式に提出されて調査が打ち切りになるまで、どれくらいかかるだろうか？　一、二週間くらいか。それまでには、デスマスクに関する一件も解決できているだろう。ぼくたちを殺そうとしたやつがだれなのか、突き止めてやる。

ゆうべは、一つ間違えばアニーを失うところだった。ピートは天井を見つめ、彼女を抱いた腕に力を込めた。彼女を失うなど、考えただけでも耐えられない。

だが、自分はＣＩＡの局員だとアニーに告げる場面を想像すると、彼女が怒り、部屋を飛び出していく姿が脳裏にありありと浮かんできた。

でも、彼女はぼくを愛している、と自分に言い聞かせる。いや、本当にそうだろうか？　彼女はピート・テイラーを愛している。ケンダル・ピーターソンには、同じようには感じないかもしれない。

ピートは目を閉じて、考えるのはもうやめることにし、眠りに誘われるにまかせた。


「アニー」ピートのゆっくりとした気だるい声が耳元でささやいた。「起きてくれ」

たこができてざらざらした両手が全身に触れる感覚に、アニーは目覚めた。ピートは親指で胸のつぼみをそっとはじいて命を吹き込むと同時に、もう一方の手を下へと伸ばし、アニーにはもうなじみとなった炎のような感覚に火をつけ、体中に燃え広がらせていく。

ピートは彼女の腰を引き寄せ、ゆっくりと身を沈めた。

アニーが目を開けると、ピートが見つめていた。まぶたを半分閉じ、ハンサムな顔にかすかな微笑《ほほえ》みを浮かべている。彼は気だるく、ゆったりとじらすように動いた。

「おはよう」ピートが言った。

「ねえ、目覚まし時計もこれにはとても勝てないわね」アニーは微笑んだ。伸びをしてから、腰を浮かせて彼のリズミカルな動きに合わせる。「病みつきになりそうよ」

「きみも、ぼくもね」ピートは言い、仰向けになってアニーを引き寄せ、自分の上にのせた。彼女が身をかがめてキスしようとしたとき、電話が鳴った。

アニーは身を硬くした。「ここにいることは、だれも知らないはずよ。そうでしょう?」

アニーはピートの体から下りようとしたが、彼は彼女をそのまま放さず、右手を伸ばして電話に出た。「ああ」受話器に向かって言いながら、それを耳と肩との間にはさむ。彼はアニーの目を見上げて、さらに深く彼女を貫いた。アニーは喜びの声をすんでのところでのみ込み、怒ったふりをしてピートをにらんだ。彼がにっこり笑い返す。〝ああ〟ですって? いいわ、両方を相手にさせてあげる。

彼女はピートの上で動き始めた。彼はまたまぶたを半分閉じて微笑みを浮かべたが、その焦茶色の目には欲望がたぎっていた。

「ああ、それでいい」ピートが電話に向かって言う。その視線は下へとさまよい、アニーの体を眺めた。「本当に」彼はアニーに向けて言った。

だがアニーは、ピートが身もだえするのが見たかった。前かがみになり、首に軽い羽根のようなキスの余韻を残しながら、耳のすぐ下にすでに見つけてあった、とくに敏感な場所へ……。

「あっ！」ピートは声を漏らし、咳《せき》をしてごまかした。身をよじって逃げ、アニーを押し返し、腕の長さ分の距離を空ける。「いやいや、大丈夫だ」電話に言い、アニーに向かって一瞬、降参だという顔をした。「わかった。でも、一時間待ってくれ」しばし間を置いてから言う。「しかたないだろう。ドーナツでも食べてこいよ。一時間後に会おう」

ピートは電話を切り、アニーを引き寄せて唇に激しいキスをした。

二人はゆっくりと、いとしさを込めて、朝の光の中で愛を交わした。

「だれからの電話だったの？」あとになって、ピートの腕に満足げにもたれながら、アニーは尋ねた。

ピートは彼女の頭のてっぺんにキスをした。「スコットという男で、局の人間だ」

アニーは起き上がり、振り向いて彼を見た。「局って？　連邦捜査局？　ＦＢＩのあの局のこと？」

ピートはうなずいた。「ああ。ゆうべきみがシャワーを使っている間に、ＦＢＩに電話したんだ。ぼくたちをぺしゃんこにしようとした、あの車のプレートナンバーを知らせておいたほうがいいと思ってね。それに彼らをウェストチェスターまでの安全な足に使えると考えたんだ。さっきのはその電話さ。一階の駐車場に車を用意してくれているよ」

「ゆうべのあの車のナンバープレートを、本当に見たの？」アニーは目を見開いた。「それに覚えているの？　驚いたわ」

「ぼくの仕事ですからね、お嬢さま」ピートは少々ばかていねいに言った。アニーを抱き上げ、ベッドから下ろす。「二十五分ほどで、FBI捜査官たちがドアをたたきに来るだろう。ぼくたちを車に案内する準備を整えてね。すぐにシャワーを浴びたほうがいい。きみの家に戻ったら、轢《ひ》き逃げ未遂事件の詳細を説明しなきゃならないだろうから」

アニーは急いでシャワーを浴び、膝のすり傷に当たらないように、そっとブルージーンズをはいた。ベッドルームの床に座ってバッグをかき回し、着古したTシャツとソックスとスニーカーを引っぱり出して、さっと身支度を整えた。

テーブルには武器の山――ピートの銃があった。彼女はとまどいながら、種類の違う三つの銃を数えた。なぜこんなに？　落としたときのための予備なの？

ドアをどんどんたたく音がして、アニーはびくっとした。驚きに脚をもつれさせて立ち上がり、奥のバスルームのドアのところへ行った。

ピートはまだシャワーを浴びていて、水の流れる音が聞こえた。だが、ドアをたたく音が続く一方で、水音のほうは止まった。

ドアが少し開いているので、アニーは押し開けてみた。「ピート？」

蒸気が立ちこめる中、ピートはバスマットの上に裸で立ち、スポーツ選手のように引きしまった体をふいていた。彼は視線を上げて彼女を見て、例によってすばやく正確に表情を読み取った。「何があった？」

「だれか来たわ」

ピートは小声で悪態をつき、タオルで体をもう何度かふいてから、そのタオルを腰に巻いた。アニーは彼についてベッドルームへ出ていったが、ピートは彼女に片側へ寄るように手ぶりで示し、自分は銃の一つをつかんでドアに近づいた。言われたとおりに後ろへ下がって、アニーは彼がドアののぞき穴から廊下をのぞくのを見つめた。肩と首の緊張が解けるのが目に見えてわかり、ピートはドアノブの下の椅子を引いて、ドアをわずかに開けた。

「早いじゃないか」ピートの声が聞こえた。

「朝食を買ってきてやった」男の声がした。「ドーナツとコーヒーだ。そっちの任務は相当エネルギーを使うだろうと思ってね」

「十分待ってくれ」ピートが言った。「その間に支度をするから」

「ごゆっくりどうぞ。いくらでもじっと待っているさ」

ピートの肩に緊張が戻った。「どういうことだ？」

「ドアを開けてください、部長」別の声が聞こえた。

部長ですって？ どうしてあの人たちはピートをそう呼ぶの？

ピートが肩越しにちらりとアニーを見て、それからさらにドアに近づき、低い声で何か言った。

「もう正体がばれる心配はしなくていいよ、ピーターソン部長」最初の男が言った。ドアを押して中に押し入り、アニーに視線を定めた。「調査は終了」彼は言い、折りたたんだ書類を宙でひらひらさせた。「アニー・モロー博士の逮捕令状です」

アニーは目を見開いた。「なんですって？」ピートを見る。「ピート、どういうことなの？ この人はだれ？」

「簡単なことですよ」男が分厚い眼鏡の向こうからアニーに微笑んだ。「わたしはＦＢＩのホイットリー・スコット。ピーターソン部長はもうおなじみですな。彼はＣＩＡの局員です」

ピートはスコットの手からその紙を取り、ページをめくってざっと目を通した。見上げると、ショックを受けたアニーの視線にぶつかった。

「うそよ」彼女は小声で言った。だが、真実であることはわかっていた。ピートの目を見れば、罪悪感を覚えているのがわかる。

「そしてあなたは」スコットは続けた。「逮捕される。あなたは強盗罪、共謀罪、謀殺罪など、五種類の重罪に問われている」彼はピートのほうに向き直った。「黙秘権等の説明は、きみがやるかね？」

「ああ、なんてこと」アニーは言った。ピートがＣＩＡだなんて……。

「いや」ピートが低い声で答える。

「コリンズ」スコットが、一緒に部屋に入った同行の男たちの一人に命じた。「彼女に権利の説明をしてやって、ボディチェックをしてくれ」

「だめだ」ピートが鋭く言った。「彼女は無実だ」

「やらなきゃならないことは知っているだろう」スコットは言った。

「あなたには黙秘権がある」リチャード・コリンズが抑揚のない声で説明を始める。

「ぼくがボディチェックをやる」ピートが主張した。

「陳述内容はすべて、法廷であなたにとって不利に働く可能性がある」

「いい部屋だ」スコットは乱れたベッドを見やり、床に散らばったままのコンドームの包み紙に目をやった。作り笑いをする。「すばらしい一夜だったに違いないな、え、ピーターソン？」

「ああ、なんてことなの」アニーは言った。ピートがＣＩＡだったなんて……。

　ピートがアニーの腕を取ると、驚いて彼女は彼を見上げた。

「この恥知らず」アニーは手を振りほどいた。

「弁護士の立ち会いを要求する権利がある」コリンズが告げた。

「アニー、どうなっているのか、ぼくにもわからない」低い声で早口にピートは話した。「だが、突き止める。きみは、とにかく落ち着いていることだ」

「弁護士を雇えない場合には」コリンズが続けた。「無償で弁護士が手配される」

「やるしかない」ピートはアニーに言った。「できるだけ早くすませるから、協力してくれ」

「今読み上げた権利はわかりましたか?」コリンズが尋ねた。

「脚を開いて、両手を頭の上に」ピートが言った。

ぎこちない動きで、彼女は言われたとおりにした。

「モロー博士」コリンズが言った。「今言った権利はわかりましたか?」

「はい」アニーは小声で答えた。ピートの手が、感情を交えずにてきぱきと体の上を動く。

アニーは目を閉じた。ああ、なんということ……。

「何も持っていない」ピートが歯切れよく言うのが聞こえる。

わたしに話してくれたことすべてがうそだったのだ。名前もピート・テイラーではなく、ピーターソンだった。ボディガードでもなかった。きっとコロラドへも行ったことすらない。情報を得るために、わたしを利用していただけなのだ。

みんなうそ。わたしを愛してなどいなかった……。

「吐きそうだわ」アニーは急いでバスルームに向かった。

コリンズとほかのＦＢＩ捜査官たちがあとを追おうとしたが、ピートがドアをふさいだ。

「ぼくにまかせてくれ」彼はバスルームに入り、ドアを閉めてロックした。

アニーは便器の前の床に膝をついていた。顔が青ざめている。ピートはタオルの棚から洗面用タオルを取り、冷たい水に浸して彼女に手渡した。

「ピート、よくも」アニーは目に非難の色を浮かべた。「よくもこんなふうにわたしを利用できたわね」

シャワーのそばにピートの服が置いてあった。彼は腰にタオルを巻いたまま下着をはき、それからタオルで髪をふいた。「何かとてもおかしなことが起こっている」ほとんど独り言のように言った。

「ピーターソン部長」アニーは、ジーンズをはくピートを新たに恐怖を目に浮かべて見つめた。「空港でマジックミラーの裏にいた恐ろしい男は、あなただったのね？　わたしはそんな男とベッドをともにしてしまったのよ。なんてひどい人なの――」

「アニー、きみを愛していると言ったのは本当だ」ピートは言った。「信じてくれ」

アニーは沈んだうつろな声で笑い飛ばした。「冗談でしょう？」

彼女の両肩をつかんで、ピートは立ち上がらせた。「約束しただろう」彼女の体をかすかに揺すりながら、言った。「ぼくがきみを愛していることを忘れないと約束しただろう、だから忘れるんじゃない」

アニーは彼を振り払った。「わたしが約束をしたのはピート・テイラーで、あなたはどう考えても彼じゃない」目に涙があふれ、彼女は必死にこらえた。「地獄に落ちるといいわ、ピーターソン部長」

アニーは身を翻し、バスルームを出てドアを後ろ手にぴしゃりと閉めた。

15

取り調べ室にはテーブルが一つと、まっすぐで堅い背もたれのついた木製の椅子が数脚あった。壁は冴《さ》えない色合いのベージュで、床は安っぽいリノリウムのタイル。地獄はきっとこんな感じだわ、とアニーは思った。テーブルにはFBI捜査官がずらりと並んで、こちらを見返している。それを見てアニーは、疲れがどっと押し寄せるのを感じた。賭《か》けてもいい、悪魔というのはきっと、この男たちとまったく同じようなダークスーツを着ているに違いない。

アニーは、正面のテーブルの上に置いた両手を固く握りしめた。「わたしへの嫌疑をもっと詳しく説明できないのなら」しっかりした口調で言った。「釈放したほうがいいんじゃないかしら」

スコットは椅子にふんぞり返った。「つまり、このような工芸品を所有したことはなく、どうやって家に運ばれたのかも知らない、と言うんだね」

ここ数時間に百回は見た写真に、アニーは視線を落とした。写っているのは古代の遺物で、見覚えのあるものもあったが、ほとんどは初めて目にするものだった。だが、どれも家周辺にあったことはないし、ましてや所有したことなどあるわけがない。「どうしてこんなことが起こったのか、わたしにはまったくわからないと言ったでしょう」このせりふを言うのも、何度目だろうか。

スコットはうなずいたが、信じていないのは明らかだった。

アニーは身を乗り出した。「ねえ、スコット。なんでわたしが、ばかげた美術品窃盗なんかに関《かか》わらなければいけないの？　わたしは揺るぎない信望を得ているし、まずまずの収入があって同業者たちも一目置いてくれているのよ。そのわたしがなぜ、すべてを台なしにしかねないことをするというの？」

「だから、それを聞かせてほしいんだが」

ドアが開き、ピートが部屋に入ってきた。違うわ、ピーターソン部長よ。彼の姿を見て心の傷がうずくのを忘れようと、アニーはそう考え直した。みんなと同じように地味なダークスーツを着ているから、もう少しで見すごすところだったわ。

「弁護士はどこだ？」ピートはアニーに尋ねた。

スコットがかわりに答えた。「その権利を放棄したんだ」にやりとする。「自分は無実だから、弁護士は必要ないそうだ」

「手配してやれ」ピートは冷静な声で言った。

「いらないって言うんだから」スコットは応じた。「無理やり押しつけるわけにいかないだろう」

アニーはピートを、まるで岩の下から這《は》い出てきた何かでも見るような目で見ていた。

「彼にここにいてもらいたくないわ」スコットに言う。「出ていかせてちょうだい」

スコットは肩をすくめた。アニーがいたたまれない思いをしているのを明らかに楽しんでいるらしい。「残念だが、この件に関してはピーターソン部長はわたしと同じく責任者なのでね」

ピートは一冊のファイルをスコットの前に置き、アニーの向かいに座った。アニーは彼を見ようとせず、顔をそむけた。

「いいだろう」スコットはアニーに言い、ファイルを開いてページをめくった。「詳しい説明が聞きたいんだな?」書類を一枚取り出し、読み始めた。

「容疑者宅の研究室のカウンターに包みが二つ置かれていた。どちらも開封されており、一から八までの番号がつけられた物品が入っていた。この物品は、調査官が見たところ明らかに、〈イングリッシュ・ギャラリー〉からなくなった物品の説明と一致した……いやはや」スコットはテーブル越しに報告書をアニーのほうに押しやった。「読んで泣けばいいさ」

部屋がぐるぐる回り始めた。アニーは報告書のページを次々にめくった。部屋の一つ一つに関する捜索内容、工芸品の説明……。

「家宅捜索の権限を、どこからもらったの？」

「今回の捜査過程で集められた証拠を元に、令状を取った。それと密告が――」

「だれから？」アニーは詰め寄った。

「この情報は匿名で寄せられた」スコットが言った。

「あらまあ！」アニーはあきれたように両手を上げた。「よほど信頼できる筋なんでしょうね――」

「結果として、たしかにそうだったじゃないか」スコットは言い、テーブルに身を乗り出した。「とくに、きみのオフィスのデスクの引き出しに、爆薬の材料が見つかったことだし」

「なんですって？」アニーは息をのんだ。目が知らず知らずのうちにピートの顔に向く。彼は無表情のまま、焦茶色の目でこちらをじっと見つめている。「これは何かの罠《わな》よ」事態の重大さを見せつけられ、彼女は初めて自分が窮地に立たされていることに気づいた。

「弁護士を手配してちょうだい」

アニーは目の前の報告書に視線を戻した。

「容疑者宅の研究室のカウンターに包みが二つ」

そうだわ！

ニューヨークに出発する前、ピートは一緒に研究室にいた。カウンターには何もなく、全部片づけてあったのを彼は目にしている。家を出るとき鍵《かぎ》をかけたのは彼だし、それ以降はずっとわたしと一緒にいた。彼はわたしの話を裏づけることができるわ！

「ピート」アニーの声は興奮に震えていた。報告書を彼に手渡す。「ゆうべ出かける前、わたしが戸じまりをしに研究室に入ったとき、一緒にいたわね？　研究室はすっかり片づいていたわ――カウンターには何もなかった。あなたはドアのところにいたわ」

ピートは報告書から顔を上げた。その目からは何も読み取れず、身構えているような表情だ。

「覚えているでしょう？」

覚えているはずよ。もちろん、覚えているはず。

「あなたはわたしがきれいだと言ってくれた」ふとアニーは自分の両手に視線を落とし、その思い出に頬を染めた。でも、続けなければ。どんなに屈辱的でも。「あなたはわたしを見ていたわ――」ぐっと唾《つば》をのみ、ピートを見上げた。「わたしにキスしたいとでもいうように」

彼はほんの一瞬、アニーと視線を合わせてから報告書に目を戻し、集中するように目を細めた。

「覚えているでしょう？」

ピートは書類をスコットに渡すと、冷たい無関心な目で彼女をちらりと見た。「いや」目を見開いて、アニーはピートを見つめた。ショックで血の気が引き、顔が真っ青になる。ああ、彼は仲間なのだ。罠を仕掛けた人間たちの……。

ピートはアニーの視線を注意深く避けながら立ち上がった。「弁護士を手配してくる」そう言って、部屋を出ていった。

彼女はテーブルを見つめ、最後の心の支えが粉々に打ち砕かれても、懸命に泣くまいとしていた。

アニーは家に続く私道を歩いていた。薄手のジャケットを体にしっかり巻きつけてはいたが、駅からはかなりの距離があり、雨と寒さを防ぐのにはほとんど役立たなかった。家の窓に明かりはなく、帰宅を迎えてくれるものは何もなかった。

弁護士が到着したとたん、延々と続いていた尋問が中止になり、保釈金の額が決定した。両親に電話で助けを求め、二十五万ドルの保釈金を納めてもらおうと考えていたが、そうする前に、保釈金はすでに匿名で支払われていた。

裁判の日は三カ月後に設定され、それまでアニーの鑑定士としてのライセンスは停止されることになった。仕事はできないし、やりかけの仕事を終えることもできない。

アニーは戸外の警報装置のコントロールパネルに暗証番号を打ち込み、ライトが赤から緑に変わるのを待った。玄関の鍵を開けながら、彼女はため息をついた。朝になったらまず、金庫の中のものをすべて荷造りして、それぞれの所有者に送り返さなくては……。

装置を稼働状態に戻し、暗い中で階段を上ってベッドルームに入った。あんなにも幸せだったのは、ほんのゆうべのことじゃないの？　ピートと踊り、愛し合った――ばかなことをしたものだわ。彼は今ごろ、わたしのことを笑っているに違いないのに。

バッグを床にどさりと置く。震えながらバスルームへ行き、電気をつけて濡《ぬ》れた服を急いで脱いだ。

シャワーを浴び、ピートの最後の残り香も洗い落とした。目を閉じて、お湯が顔を流れるにまかせ、もはやこらえきれなくなった涙をごまかした。


「アニー、起きてくれ」

目を開けると、ピートがベッドに腰かけ、アニーを見下ろしていた。アニーは身動きもせず、ただじっと見つめた。

「目が覚めたかい？」彼は尋ねた。カーテン越しに朝の光が差していて、その顔をぼんやりと浮かび上がらせている。彼は疲れた様子で、眠っていないかのように充血した目をしていた。あのいやなダークスーツは着替えていて、見慣れたブルージーンズとTシャツ姿だった。

「いいえ」アニーは言った。「目が覚めないほうがいいわ。夢を見ているほうがいい。あなたがわたしの部屋で、こんなふうに座っていないほうがいいもの」

ピートは微笑《ほほえ》もうとしたが、唇がゆがんだようにねじれただけだった。「すまない」

さまざまな感情がアニーの顔をよぎったが、怒りがほかの感情に勝った。目が怒りに燃え上がった。「出ていって」

「アニー、ぼくはどうしても――」

「聞きたくないわ、ピーターソン部長」アニーは皮肉を込めてその名を呼んだ。「この恥知らず。わたしをはめたのね。出ていって！」

「ぼくは知らなかったんだ――」

「そんな話を信じると、本気で思っているの？」アニーは足でピートの背中を激しく蹴《け》ったが、上掛けのせいで勢いがそがれ、彼はたじろぎすらしなかった。「ひどい男《ひと》」彼女は叫んだ。「FBIは五カ月前にわたしが犯人だと決めつけていたのよ。でも証明できなかったから、わたしをはめるしかなかった。そしてあなたは、その意向に沿って動くつもりだっただけなんでしょう？」

ピートは説明するのをあきらめた。座って彼女を静かに見つめ、怒りをぶちまけさせた。

「教えてちょうだい」アニーは辛辣《しんらつ》な口調で言った。「わたしとベッドをともにしたことで追加ポイントがもらえるのかしら、部長さん？　一晩に四回ですものね！　ほかの仲間から好色漢のポイントがもらえるんでしょう。ああ、そうだったわ、朝の一回もあった。すてきなふれあいだったわね。廊下で仲間を待たせておいて、逮捕の前に容疑者と最後にもう一回――」

これには彼も耐えきれなかった。「逮捕状を持っているとは知らなかったんだ――」

「あなたの言うことを何か一つでも信じると、本気で期待しているの？」言いながら、あなたはとてつもない罪を犯したのだと、目で責め立てる。

ピートは床に視線を落とした。自分が悪いのはよくわかっている。たしかにぼくは罪を犯した。「いいや」静かに答える。「期待していないよ」

「あなたは本当にすてきだったわ」アニーは涙声になっていた。「子供のころの話をいろいろ聞かせてくれたわね。コロラドで育ったとか、ネイティヴ・アメリカンのおじいさんのこととか――」

「きみに話したこと全部がうそではない」ピートはアニーの視線をとらえた。「あの話は全部本当だ。それに、きみを愛していると言ったのも本当だ」両手を見下ろし、膝の上で固く握りしめる。「信じてくれないのはわかっているが……」

「ええ、そのとおりよ。信じないわ」アニーは言い、その言葉の容赦のなさに彼が目を閉じるのを見つめた。「わたしになんの用？　なぜここにいるの？」

ピートは立ち上がり、部屋の中を歩いた。「きみは、はめられた」アニーに背を向けて気持を落ち着けながら言った。

彼女は鼻で笑った。「何か目新しい話をしてくださらないかしら、部長さん」

「きみを助けたいんだ」彼はアニーに向き直った。

「今度はわたしを助けたいですって?」怒りにこわばった声で、彼女は言った。「それなら昨日、あの人たちに言えたはずよ。問題のものは研究室にはなかったということを――」

「アニー、ぼくがここにいるのはきみが安全ではないからだ」ピートがさえぎった。「今回の策略には内部のだれかが関わっている」

アニーは目を見開いて彼を見つめた。

「たしかにあの晩、ぼくは研究室にいたよ、アニー。それに、たしかに覚えている。室内の様子を」

胸の中にかすかな希望の種がまかれた気がして、アニーは彼を見つめ続けた。

「どうして昨日は何も言わなかったの?」低い声で尋ねた。「わたしの評判を落とさずにすんだのに」

「きみの命を守るほうが大切だと思ったからだ。今回のたくらみに何人が関わっているのかを突き止めるまでは、だれもきみの無実を信じていないと思わせておいたほうが、きみは安全なんだ」

「でも、ＦＢＩが？　どうしてまた――」

「わかっているのは、つじつまの合わないことが多すぎるということだけだ。きみの部屋にあのこうもりを入れるのに、どうやって家に入ったのか？　盗まれた美術品をどうやって置いたのか？　それに犯人は、きみに関する事件ファイルに近づくこともできた」

「でも、ＦＢＩが調査しようとしていた過激派グループはどうなの？」

ピートは首を振った。「あのグループのどれかがヨーロッパの二つの美術館を爆破して盗みを働いたとは、とても考えられない。プロ仕様の警報装置を解除してきみの部屋にこうもりを入れ、盗んだ美術品を研究室に置いたというのもね」ピートはまた部屋を歩き始めた。「おかしなことがあまりにも多すぎる」部屋の真ん中で立ち止まり、もう一度アニーと向かい合った。「だれかがきみを殺したがっているのはなぜだ？　あるいは、きみが逮捕されて刑務所に入り、目の前から消えてしまうことを望んでいるのはなぜだ？」

アニーが目をみはってピートを見つめると、彼はすごみのある笑みを浮かべた。

「ぼくたちの知らないことがたくさんある。そろそろそれを突き止める作業を始めたほうがいい」

ピートは、アニーのデスクの上に出ていたファイルの山をすべて、厳密に調べた。指で髪をすき、椅子にもたれかかって伸びをする。やれやれ、なんの手がかりも見つからない……。

「あったわ」ファイル・キャビネットの前の床に座っていたアニーが言った。「一九八九年六月四日。わたしがコンピュータを使い始める前のものよ。〈イングリッシュ・ギャラリー〉に頼まれて分析をしたのは、あれが最後だったわ。九世紀のウェールズの金の指輪だった。ファイルを見たい？」

「ああ、もちろん」ピートは椅子を回し、ファイルをデスクに持ってきたアニーと向かい合った。「どうしてそんなに長く間が空いたんだい？　その美術館も不況の影響を受けているとか？」

アニーは首を振った。「いいえ。あの美術館からアメリカに入ってくる品物の売買については、アリステア・ゴールデンがすべて取り仕切っているの。ベン・サリヴァンがいなかったら、この仕事はわたしのところには決して来なかったわ」

ピートは眉をひそめた。それから電話に手を伸ばした。アニーが見つめる中、彼は番号を押した。「ピーターソンだ。〈イングリッシュ・ギャラリー〉経由でアメリカに持ち込まれたすべての美術品と工芸品の売買リストが見たいんだが」

「その情報なら持っているわ」アニーが言った。

ピートは驚いてアニーを見た。「あとでかけ直す」電話を切り、答えを待つように彼女を見た。

「美術品と工芸品の最新の売買を調べることのできるコンピュータ・ネットワークにつながっているの。ピカソから石器時代の斧《おの》まで、なんでも載っているわ」アニーはデスクを回ってピートのそばに行き、パソコンとモデムの電源を入れた。

アニーがキーボードを使いやすいように、ピートは椅子の背にもたれた。彼女は集中して目をかすかに細めながら、ネットワークに接続するためのコマンドを打ち込んだ。

「〈イングリッシュ・ギャラリー〉で、出荷場所がアメリカのリストをリクエストしさえすれば……これよ」日付と品物のリストが画面にスクロール表示されていく。「年代順になっているの」アニーは言い、ピートのほうを向いた。鼻を突き合わせそうになり、あわてて背筋を伸ばす。「いちばん最近の出荷がいちばん下に表示されるのよ」

アニーはデスクの角に座り、ピートと安全な距離を保っておいて、彼がカーソルを長いリストの下へと移動させていくのを見守った。画面の琥珀《こはく》色の光にハンサムな顔が照らされている。疲れきって過労状態に見えたが、目には決意を示す輝きがあった。アニーが見ているのを感じて、彼は顔を上げた。

「なぜこんなことをしているの?」アニーは尋ねた。

「きみが無実だと知っているからさ」ピートは言って、コンピュータに視線を戻した。

「あなたが保釈金を払ったのね」

「ああ」

「そんなお金をどこで手に入れたの？」

「借りたんだ。きみがこっそり町を出れば、ぼくはすべてを失う。車にコンドミニアムに……」彼がもう一度目を上げると、見覚えのあるユーモアの光が目にきらめいて、アニーは心臓がねじれる思いがした。「どうなるかな？　ぼくが借金をした連中は、もしかしたらぼくの脚をへし折るくらいのことをするかもしれない」

「どうしてわたしのためにそんな危険を冒すの？」

「どんな危険だって冒すさ」目を細めて画面を見ながら、ピートはあっさりと言った。

「命だって懸けるよ……」

「なぜ？」

彼はアニーを見上げた。「わからないのかい？　きみを愛しているからだよ、アニー」

アニーはしばらくの間、ピートを見つめていた。ピートが、目の前に座っているこの見知らぬ男に変わってしまわなければよかったのに――なぜだかよく知っている他人に。でも、知っているというのはただの思い違いだった。知っていると思っていただけなのだ。ピート・テイラーは死んでしまったのと同じ。消えてしまった。突き刺さるような悲しみに、彼女は大声をあげて泣いてしまいそうだった。

「ぼくに……」ピートは言い、咳払《せきばら》いをしてまた続けた。「きみとやり直せるチャンスはあるかい？」

アニーはデスクを離れた。彼と視線を合わせることができなかった。「ないわ」

その答えを予想していたかのように、ピートはうなずいた。顎を引きしめながら、コンピュータに注意を戻す。最後の希望が粉々に打ち砕かれたわけではないというように。

16

アニーがオフィスに戻ると、ピートはまた電話中だった。

彼はコンピュータから、名前と日付と取り引き内容の書かれたリストをプリントアウトしていた。アニーは肩越しにのぞき込みながら、なんらかの意味を読み取ろうとした。

ピートが電話を切り、こちらを向いた。

「何か見つかった?」アニーは尋ねた。

「このステッドマンという男を知っているかい?」ピートはリストを指さしながら尋ねた。バイヤーの一人で、頻繁に名前が出てきている。

アニーは首を振った。

「〈イングリッシュ・ギャラリー〉から出された品物を、スーパーのシーズン末セールみたいに買い集めている。それ以外に、名前が頻繁に出てくる合名会社と有限会社が二つある」

「でもこれは、すべて合法的な取り引きよ。品物のいくつかはよく知られているものだし、価格もどれも公正だわ……」

　ピートはさらに情報を集めようと、午前中の残りと午後のほとんどの時間を電話に費やした。

　アニーは二階に上がり、こうもりがめちゃめちゃにしたベッドルームのあと始末にかかり、ピートのことは考えないようにした。だが、床をごしごしこすっていても、〝きみとやり直せるチャンスはあるかい？〟と尋ねたときの彼の声が、耳にこだまし続けていた。ないわ。何度も何度も、アニーは自分に言い続けた。

　ひととき目を閉じて、二人が愛を交わした夜を思い出した。あれはほんの二日前のことなの？　彼の腕に抱かれてから百万年も経《た》った気がするのに……。

「大丈夫かい？」

　驚いて目を開けると、ピートが戸口に立っていた。「ええ」彼女はまた勢いよく床をこすりにかかった。「何が見つかった？　何かあったの？」

　ピートはバケツの横にしゃがみ込み、もう一つのスポンジを取り出して、アニーの隣で床をこすり始めた。「Ｊ・Ｊ・ステッドマン氏は、〈イングリッシュ・ギャラリー〉が売りに出した品物のほとんどをなんらかの方法で買い入れているようだ。あのバイヤー・リストにあるすべての会社のオーナーか共同出資者になっている」

　アニーは床をこするのをやめた。「かなりお忙しい収集家のようね」

ピートが笑みを浮かべたのでアニーは目をそらすしかなかった。「かなりね。それに、まったく冴《さ》えない収集家でもあるらしい。買い入れてから数カ月以上手元に置くことはめったになくて、少々損をして売っている場合が多いんだ」

「それだけなの？　お金持が愚かであってはいけないという法律はないわ」

「たしかにね。だが、これはどうかな」ピートはスポンジをバケツですすぎながら、アニーに微笑《ほほえ》みかけた。「J・J・ステッドマンのいくつもの会社に共同出資しているのはだれだと思う？　ヒントをあげよう。おかしな緑色の目、金のブレスレット、タキシードを着たがらがら蛇みたいな人物は？」

アニーは微笑み返さずにいられなかった。「それって……もしかしたらアリステア・ゴールデン？」

二人はお互いの目を見て笑った。それからアニーは顔をそむけ、急に警戒するようなよそよそしい表情になった。

二人でしばらく黙って床をこすったあと、アニーは床に座った。「そういえば、ピーターソン。わたしはあなたのファーストネームも知らないわ」

ピートは目を上げた。「ケンダルだ。でも、だれもそうは呼ばない。みんなピートと呼ぶよ」

「お母さんも？」

「母はハスティン・ナーターニと呼んでいる」

「あれは本当のことなの?」アニーは言った。「叔母さんが亡くなったときのいとこたちの話も?」

バケツにスポンジを投げ入れて、ピートは脚を組んで床に座り、膝に両肘をついた。

「ぼくの名前と経歴と大学のことを除けば、きみに話さなかったことはあるにしても、うそはついていない」

アニーはしばらく黙っていた。「ニューヨーク大学に行ったとうそをついたのはなぜ? 実際にはどこに行ったの?」

「行かなかった。ベトナムに行ったんだ。十八になったときに召集された」

「それって、あなたのおじいさんが行ってほしくなかった場所じゃないの」なるほどというように目を輝かせて、アニーは言った。

ピートはうなずき、石鹸水《せっけんすい》の入ったバケツの中をじっと見た。

「〝マン・スピーキング・ピース〟という名の子供が、なぜ海の反対側での戦争に行かなければならないのか、祖父には理解できなかった。戦争自体好きではなかったし。ぼくもね。だが、ぼくは戦争に向いていた。生き抜くのも得意だった。それに、人を探し出して救出する急襲作戦も得意だったんだ。戦地でのほとんどの時間、ぼくは敵のなわばり内にいて、撃ち倒された兵士たちを見つけ出してはジャングルから連れ帰った。一九七五年に部隊が次々に撤退してからも、ぼくはあとに残るように言われた」

「あとに残る」声に恐怖をにじませて、アニーは繰り返した。

「ああ、残った。東南アジアであと四年間を過ごしたよ。ぼくが最も得意とすることをしてね。戦争を作り出していたんだ」

「あなたは命を救っていたのでしょう。何人の人を助けてあげたの?」

ピートは驚いてアニーを見た。どう考えてもぼくを擁護しようとしている。胸が高鳴ったが、彼はそれを抑えた。だからといって、どうにもならないのだから……。「正確な人数はまったく知らされなかった。でも、数百人になるだろう」

「そのあとCIAに入ったの?」

アニーがぼくのことを知りたがっている。単なる好奇心だろうか。それとも……。希望を持てるとは、ピートには思えなかった。彼はうなずいた。「現場諜報員《ちょうほういん》としてね」

「じゃあ、これまで二十年間のほとんどの間、命を危険にさらしてきたのね」首を振りながらアニーは言った。

「ずっとというわけでは――」

「どうしてそんなふうに生きられるの? いつも身に危険を感じながら……」

「ぼくの視点から見てごらんよ。コロラドにとどまっていたら、きみには決して出会わなかっただろう」

アニーは目を細めた。「それだったら、あなたは絶対にコロラドにとどまるべきだったわ」とげとげしく言い放って、すっくと立ち上がり、バケツをバスルームに運んで汚れた水をトイレに流し、水が渦を巻いて流れていくのを見つめた。

ピートはあとを追った。

「ぼくの仕事は、事態に初めて遭遇したときに、正しい判断と行動をしなければならない」真剣な低い声で彼は言った。「そうしなければ命を失う。だが、しくじることもある。そして、まだ命があることへの驚きが過ぎ去ると、ぼくは二度目のチャンスをつかんで放さない。そして絶対に、二度目には失敗しない」アニーは目を大きく見開き、深い青色の瞳で彼を見つめていた。ピートはこらえきれなかった。一歩近寄り、続いて一歩、二歩と近づいた。自分でも止められないうちに、彼女を腕に抱いた。アニーは震えていたが、少なくとも逃げはしなかった。「アニー、ぼくに二度目のチャンスをくれないか」彼はささやいた。「きみを愛している……お願いだ、ぼくの人生にはきみが必要なんだ……」

それでもまだアニーは逃げなかった。一、二キロ走ったばかりのように、息をするたびに胸のふくらみが上下に動く。彼女を行かせてしまうのではないかという恐れと欲求との板ばさみになり、ピートの鼓動は激しく打っていた。欲求のほうが勝利を収め、彼はアニーにキスした。

柔らかく、温かく、甘い彼女の唇は、覚えていたとおりだった。ピートに回した腕に力がこもり、アニーは反応を見せている。

アニーが口を開き、ピートがむせび泣きそうになったそのとき、彼女は離れようともがいた。ピートがすぐに放すと、アニーは非難の目で彼を見つめた。

「だめよ」かぼそい声で言う。「できないわ」

彼女は部屋を走って出ていき、ピートはあとに一人残された。


電話がけたたましく鳴り、アニーはたちまち浅い眠りから引き起こされた。ベッドサイドテーブルの時計は午前二時を少し回ったところだったが、キッチンには明かりがともり、ベッドルームのドアのすきまからその光が差し込んでいた。ピートが、アニーを起こさないように声を低くして、電話で話しているのが聞こえた。

彼はキッチンテーブルのところに座り、電話で話しながら小さなノートに何か書き込んでいた。Tシャツは脱いでおり、髪はくしゃくしゃだ。目の縁は赤く、まだ少しも寝ていないように見える。

「ああ、全部そろった」彼は電話に向かって言い、アニーを見上げた。「ありがとう。一つ借りができたな」

立ち上がって受話器を置いたピートは、下着しか身につけていなかった。アニーは彼のたくましさに瞬時に体が反応したのが恥ずかしく、見つめているのを見られたくなくて、目をそらした。

アニーのとまどいにピートはすぐ気づいた。「ごめん」彼はあわてることなく謝った。「電話が鳴ったとき、横になっていたんだ。きみを起こしてしまう前に受話器を取ろうと思って」

彼女はこんろのところへ行き、紅茶をいれようとやかんを火にかけた。「何かわかったの?」背を向けたままで尋ねる。

「先にジーンズをはかせてくれ」ピートは言った。「それから話すよ」

「紅茶はどう?」Tシャツをジーンズの中に入れながら戻ってきたピートに、アニーは尋ねた。

「お願いするよ」ありがたそうにピートが答えた。

彼女はキャビネットからもう一つマグを出し、ティーバッグを入れた。そしてカウンターにもたれ、腕組みをして、お湯が沸くのを待った。

ピートが冷蔵庫からレモンを取り出し、棚にあったまな板を取って、ナイフの入った引き出しを開けた。すっかりこのキッチンに慣れているのね。皿とグラスの場所も、どうしても欲しくなったときのためにチョコレートバーを隠してある場所まで知っている。以前はアメリカ陸軍に在籍し、現在はCIAにいるケンダル・ピーターソン部長は、わたしの私的かつ個人的な事柄をすべて心得ているのだ。ピート・テイラーが見聞きしたことすべてを、ケンダル・ピーターソンは覚えているのだから。

「どうすればそんなことができるの？」アニーは尋ねた。

ピートは目を上げて彼女を見てから、レモンをきちんと八つに切り終えた。「そんなことって？」

「そんなにも長い間、自分以外の素性を身にまとって生きていくなんて、どうやってそんなことができるの？　自分自身を見失いそうにならない？」

ピートは首を振った。「アニー、役を演じるようなこととは違うんだ」彼はアニーのほうを向き、理解してもらおうと説明した。「違う名前と、違うレッテルを身につけるだけさ。きみがぼくを部長と呼ぼうが、ピーターソンと呼ぼうが、テイラーと呼ぼうが、ハスティン・ナーターニと呼ぼうが、どうでもいいんだ。ぼくはいつも同じ人間さ。ぼくはぼく――ピートなんだ」

「あなたは自分をピートだと思っているのね」アニーは言った。「ハスティン・ナーターニ、マン・スピーキング・ピースではないのね？」

ピートは一瞬口をつぐみ、白黒のタイルの床に立っている自分の素足を見下ろした。

「ぼくはハスティン・ナーターニだよ。いつだってそのつもりだ。だがベトナムでは、小隊の仲間はぼくをマシンと呼んだ――戦争マシンを略したのさ。それもやっぱりぼくだ」

やかんが音をたてたので、アニーはこんろのところに行ってガスを止めた。両方のマグを湯気の立つお湯でいっぱいにし、テーブルに置いた。ピートがレモンをのせた皿を持ってきて、向かいに座った。

　アニーはマグの中でティーバッグを上下に揺らし、お湯がゆっくりと茶色に染まるのを見ていた。

「わかったことを聞きたいかい？」ピートが尋ねた。

「いい知らせ？　それとも悪い知らせ？」

「奇妙なんだ」

「早く話して」

「わかった。これまでのところ、いくつかの非常にお粗末な美術品収集会社で、J・J・ステッドマンなる人物がアリステア・ゴールデンとパートナーを組んでいることがわかっている。知ってのとおりゴールデンは、〈イングリッシュ・ギャラリー〉から出された品物のすべてを鑑定している。たった一点、あのデスマスクを除いてね」ピートは一瞬考え込み、それから尋ねた。「個々の取り引きごとに、事前にゴールデンがイギリスに出向かなければならない理由があるかい？」

「ほとんどないわ」紅茶を一口飲んで濃さは充分か確かめて、アニーは言った。「でも、ゴールデンは必ずしも賢明とはいえない人物だと思うの。どうやら彼は、美術品や工芸品を自分で荷造りすると言い張るらしいのよ。一種の病的潔癖症だと思うわ」

彼女は黙ってティーバッグをマグから出し、ごみ容器に入れた。レモンを一切れ取って紅茶に絞り入れ、もう一口飲んだ。

「ベン・サリヴァンに電話して、今のわたしの状況を説明したの。デスマスクを送り返しますと言ったら、彼は、ゴールデン以外の別の鑑定家を推薦してくれって。自分がこの仕事をまかされないと知って、ゴールデンは少々おかんむりだったみたい。ベンに電話して、金切り声で文句を言ったそうよ。ベンはなんとも思わなかったみたいだけど」

デスマスクを送り返す。

デスマスク。

アニーがはめられたことに、こいつが何か関係している。

そして、ピートにも理由はわからなかったが、デスマスクをサリヴァンに送り返すのは、それを手元に置いておくよりも危険なことのように思われた。

17

翌日、アリステア・ゴールデンが電話をかけてきた。

「仕事の話をしに、うちに来ると言っていたわ」アニーは言った。「ライセンスが停止になってしまったのなら、だれか仕事を肩がわりする人間が必要だろうからって。それに、急に親友面して……」

ピートは黙って聞いていた。

「あなたに紹介料を支払いましょう、もちろん、必要な了解もすべてぼくが取りつけます、ですって」

彼はうなずいた。「いたれりつくせりだな」

アニーは肩をすくめた。「こちらは大丈夫ですと言っておいたわ。自分がやるはずだった仕事は自分で片をつけたいし、裁判の日まで何もせずにぼうっとしているわけにはいかないもの」

「そうだね」ピートは立ち上がった。「それで何時に来るんだ?」

「今日の午後三時ごろよ」

「来たら、ぼくに話をさせてくれ。会話を録音したい」

正午近く、アニーの見ている前で、ピートは小型のマイクを鎖骨のすぐ下の胸にテープで注意深く貼《は》りつけた。そしてシャツのボタンを留め、重い革のジャケットをはおった。オフィスのデスクの上に置いてあったヘッドホンを取って、アニーに手渡す。「この監視装置一式は、携帯できるようになっているから。レコーダーはベルトに引っかけて、持ち運びができる。録音されている内容を聞きたかったら、ヘッドホンで聞くといい」

「彼に何をさせるつもり？　わたしをはめたことを白状させるの？」アニーは言った。

「あの人が関《かか》わっているかどうかもわからないのに」

「関わっていないかもしれないが、いるかもしれない」ピートは階下に向かい、彼女はそのあとをついていった。「ぼくは外へ出て、家の周りを歩き、このマイクがどこまで音を拾えるかチェックしてくるよ。やつが来たら外で引き止めて、家に入れる前に探りを入れてみる」彼は警報装置を一時解除して、玄関のドアを開けた。「外を歩きながらしゃべり続けるから。ヘッドホンをつけて、ぼくの声が聞こえたら外の投光照明《フラッドライト》を点滅させて」

アニーはピートを見上げた。「それぐらいはたいしたことじゃないわ。それに、たぶんアリステア・ゴールデンは、物騒なことのできるような勇敢な人間でもない。でもこんなスパイみたいな道具を持っていると、すごく不安になってくるわ」

アニーはピートの底の知れない焦茶色の目をのぞき込んだ。そこに何を見つけようとしているのか自分でもわからないままに。彼はうそをついているのではないか、わたしをだまそうとしているのではないか、それが気になっているのかもしれない。しかし、そこに見えたのは愛だった。彼はわたしを愛してくれている。心から。ピートは、アニーの探るような視線にとまどって、目をそらした。

「行ってくるよ」

「ピート」

彼は足を止め、顔に感情を出さないように気をつけながら振り返った。「なんだい？」

「とにかく気をつけてね」

ピートはすぐには答えなかったが、心の中に希望の種が一瞬にして根を下ろして芽吹いたのが、その目に表れた。「ああ」いつもよりハスキーな声で彼はようやく答えた。「もちろん気をつけるよ」

アニーはいかにも心配そうな様子で、青い目が不安で色濃くなっている。ピートは彼女の顔にかかった髪を払い、柔らかい頬を親指でなでた。

「すべてうまくいくさ」彼は優しく告げた。

アニーの青い目に涙があふれた。「わたしたちのことを除いてはね。ただあなたが許せないのよ、ピート」

「許そうとはしてくれたんだね？」ピートは静かに言った。

アニーはヘッドホンを耳につけた。

「聞こえたら合図してくれ」ピートはポーチを離れて言った。振り返ると、フラッドライトが点滅した。「今から家の横手に回る」

家の周りを一周しながらアニーに話しかけると、そのたびにしっかりライトが点滅した。ピートは家の正面に戻ると、芝生に入っていった。

「今は前庭にいる。信じがたいだろうが、またもや落ち葉かきが必要になったらしい」家を振り返ってみたが、ライトの応答がない。しばらくしてから点灯し、すぐに消えた。そこで彼は優しく付け加えた。「喜んできみの手伝いをするよ、アニー」今度もライトの応答はなく、しばらくしてから点灯してすぐ消えた。

ピートはいよいよ意を決して前庭の真ん中に立ち、家と正面から向かい合った。消えたフラッドライトに視線を注ぎながら話そうとしたが、声が出ない。うなだれ、それから顔を上げて、我が家みたいに思うようになった大きな家を見上げながら深く息を吸い込んだ。そして言った。

「今はかなり小声でしゃべっている。自分の声もほとんど聞こえないくらいだ。聞こえるかい？　愛しているよ、アニー。何がなんでもきみを取り戻したい」

　フラッドライトが点灯することはなかった。

　アニーは、頬に伝い落ちる涙をぬぐっていた。ヘッドホンをはずそうとしたとき、ピートが小声で悪態をついた。「アニー、お客さまが三時間も早くご到着だ。無礼なやつ、いや、やつらだよ」

　それを聞いてアニーは、急いで家の正面の窓際へ行き、外をのぞいた。ダークブルーのスーツに栗色《くりいろ》のネクタイ、アクセントのチーフで決めたゴールデンが車から降りてくるところで、助手席からはジーンズに薄い色のジャケットをはおった、あのブローカーのジョセフ・ジェームズだかジェームズ・ジョセフだかが降りてこようとしていた。ポーチの階段に向かう彼らに、ピートが芝生を突っ切って駆け寄っていく。走りながらアニーにささやいた。

「アニー、ドアをロックして、何があっても開けるな。警報装置を稼働させて、デスマスクを金庫から出し、屋根裏部屋かどこかに隠せ。そうしたら裏口から出て、安全な場所に逃げるんだ。いいね？」

　ピートが指示を出している間にもアニーはドアをロックし、警報装置を稼働させた。涙が頬を流れるのもかまわず金庫に走り、デスマスクを取り出して、重い箱ごと屋根裏部屋に運び、声にならない声でつぶやいた。「気をつけて。あなたこそ、いいわね？」

「おやおや、番犬のお出ましですかな」ジョセフ・ジェームズは、いやな顔にいやな笑みを浮かべた。

「お二人とも、腕時計を調べてもらったほうがいいんじゃないですか。ずいぶん早いですよ」ピートは微笑《ほほえ》んだ。「何を急いでいらっしゃるんです？」

「ランチをご一緒しようと思ってね」ジョセフ・ジェームズが広い胸の前で腕を組んで、薄ら笑いを浮かべながら言った。「こちらはスケジュールがびっしりなもので」

そうか、ジョセフ・ジェームズだ。

ピートはひらめいた。

勝負に出てみよう。もし自分の勘が正しければ、話を続けて、やつらを家に入れないようにしなくては。相手が口を滑らせておかしなことを言うように持っていけば、テープがアニーの無実を証明してくれる。たとえ誤ってぼくが殺されたとしても。

ピートは微笑んで、二人のうち背の高いほうの男に言った。「そうですか。でも、お待ちしていたのはゴールデン博士お一人でして、あなたではないんですよ、ミスター・ジェームズ。いや、ミスター・ジョセフでしたか？　それとも……ミスター・ステッドマン？」

　すると、ジェームズはピートの顔のそばまでにじり寄った。「やかましい」うなるように言う。

　当たりだ。

　ピートは落ち着き払って、ステッドマンをじっと見すえた。「失礼。あなたの名前は怒りんぼう《グランピー》でしたね」そしてゴールデンのほうを向いた。「あなたはたしか、けちんぼう《スリージー》だったかな」

　ステッドマンの怒りをあおるのだ。人間は怒ると、思考力が鈍る。不用意なことを口走るようにもなる。それをこのジャケットの中のマイクでとらえて……。

「モロー博士に会いに来たんだ」ゴールデンが言った。「話は終わりにしていただけませんかな」

「残念ながら」ピートは答えた。「博士は町へ出かけていましてね。二、三時間は戻らないと言っていましたよ」

　ゴールデンは微笑んだ。とかげを思わせる笑みだった。「そいつは変だ。車がまだ私道にある」

　家の中ではアニーがＦＢＩのホイットリー・スコットに通報していた。すぐそっちに向かう、とスコットは言った。二十分ほどで来てくれるはずだ。アニーは階段のてっぺんに立って、ヘッドホン越しに外の会話に耳を澄ませた。

「本当は彼女はどこかの窓の向こうにいて、こっちの話を聞いているんじゃないですかな」ゴールデンが言うのが聞こえた。

「どうですかね」母音を伸ばすピートの西部なまりがいつもより強く聞こえる。「なんとも言えませんね。ぼくに用件をちゃんと言っていただければ、力になれるかもしれませんよ」そこで彼はいったん間を置いて言った。「たぶん」

家の外では、ステッドマンが冷静さを失い始めていた。「静かにしておいたほうが身のためだぜ。頭を吹っ飛ばすぞ、こいつ」ジャケットの胸に手を入れて、大型のオートマチック銃を取り出した。それをピートの顎の下に突きつける。

ゴールデンの額に血管が浮き出て、卒倒でもしそうな様子に見えた。

「ばかでかいな」ピートは気取った笑みを浮かべた。「こんなものをぶっ放してみろ。近所中が何ごとかと駆けつけるぞ」

「銃を上着で隠せ」ゴールデンが不安げにステッドマンに言った。

家の中でアニーは、階段の手すりを握りしめていた。相手はピートを銃で脅している！FBIはまだ？　腕時計を見たが、まだ十五分もある。ここしばらくで初めて、彼らに早く来てほしいとアニーは願った。ゆっくりと階段を下りていき、玄関のドアに近づく。

「何が望みか話してみたらどうだ。聞いてやるよ」ぼくとFBIでな、とピートは思った。

「取り引きができるかもしれない」

「デスマスクを渡せ」ステッドマンが言った。「そうすれば命を助けてやる。これでどうだ？」

ピートは考えるふりをした。「試しに殺してみることだな」彼はようやく答えた。「だが忠告しておくが、簡単には死なないぞ」

ピート、何を言っているの？　アニーは思った。

「もしくはおまえたち、どこの穴ぐらから出てきたか知らないが、そこへ戻って、取り引きの準備ができてから出直してくるんだな」

ステッドマンはピートの顔から銃を離した。怒りをあらわにした表情で、大きなサイレンサーを銃身に取りつけた。

ピートは意に介せずポーチの階段のてっぺんに腰を下ろし、二人の男を見上げた。「サイレンサーを使うのは違法だ。みっともないぞ」

「ドアを開けるようにモローに言うんだ」ゴールデンが言った。

「なあ」愉快そうに、ピートは答えた。「ぼくがそんなばかに見えるか？」

「本当におまえを撃ちたいぜ」ステッドマンがうなった。

「おお、なんという偶然だ。こっちもあんたを撃ちたいよ」

「手を頭の上に置け」ステッドマンは狼狽《ろうばい》のにじんだ声で言った。ゴールデンをちらりと見やる。「こいつのポケットを調べろ。銃を持っているぞ」

ゴールデンは怖《お》じ気づきながらもピートの銃をジャケットのポケットから抜き取り、ねずみの死骸《しがい》でも持つような手つきで持った。

「ぼくはこういうことに向いていないんだ」ゴールデンは言った。「荷物を手に入れて早く帰ろう」

「モロー博士」ステッドマンが怒った声を張り上げた。「ドアを開けろ」

「アニー、そこにいるはずはないと思うが、たとえいてもドアを開けるな」ピートは落ち着いて声をかけた。

ステッドマンがピートの顔を殴るのが家の中から見えた。ピートの体はポーチの上を滑って、家の壁にどすんと打ちつけられ、アニーは息をのんだ。

「ドアを開けろ、モロー」ステッドマンが呼びかける。「さもないと、こいつを殺すぞ」

ピートは微笑んで立ち上がった。「おまえらなどに教えたくはなかったが、ぼくはナバホ族の人間だ。ナバホが死んだらどうなるか知っているだろう。そりゃそうだ、アニーにあの脅迫電話をかける前に調べたはずだからな。ぼくを殺してみろ、邪悪な霊がおまえらをまっさかさまに地獄へ落とすぞ」

ステッドマンは恐れる様子もなかった。「三つ数えるぞ、モロー。数えたらこいつを撃つ。一つ……」

「彼女がドアを開けるはずがない」ピートは言った。「こけおどしだと知っているからな」

アニーはドアの前に立ち、差し錠に手をかけていた。ピートの革のジャケットは防弾加工がされているから大丈夫、と自分に言い聞かせ、パニックに圧倒されそうになるのを懸命にこらえた。ああ、でも頭を撃たれたら。頭を撃たれたら彼は死んでしまう。パニックが全速力で舞い戻ってくる。ドアを開けずにいてピートをみすみす見殺しにしてしまったら、とても一人では生きていけない。

「二」ステッドマンが叫んだ。「こけおどしではないぞ」

ピートが死ぬのはいや。絶対に死んでほしくない……。

「いいや、こけおどしだ」ピートが言った。「アニー、ドアを開けるんじゃない！」

だって、彼を愛しているから。アニーはヘッドホンをむしり取り、玄関の警報装置を一時解除した。

「三！」

アニーはドアを開けた。

「やめろ！」ピートが叫ぶ。

ステッドマンが銃をアニーに向けた。

ピートのほうが一瞬早く、予備の銃を袖《そで》から手に落とした。アニーの体をかばいながらステッドマンの右腕と脚に銃を狙《ねら》い撃つ。ステッドマンの弾はあらぬ方向に飛び、ポーチの屋根と家の壁に当たった。

続いて三つ銃声がした。ゴールデンの持っていた銃から発射された弾がピートをとらえ、ピートは家の中に吹き飛ばされて広間の壁にたたきつけられた。そして石のように床に崩れ落ちた。

アニーはドアを閉めて差し錠を戻し、ゴールデンとジョセフ・ジェームズ・ステッドマンをポーチに締め出した。二人はドアに体当たりを食らわせ、その重みでドアがたわむ。古いドアの蝶番《ちょうつがい》がはずれて、二人が押し入ってくるのも時間の問題だ。

ピートは動かない。

「ピート」アニーは言った。「起きて!」

弾はピートの胸をとらえていた。それならきっと大丈夫よ、防弾ジャケットを着ているのだから。

だが、依然として彼は動かなかった。

「ピート!」アニーは叫んだ。たぶん気絶しているのよ。ちょっと横になって息をつく時間が必要なだけ。でも、ゴールデンとステッドマンが今にもドアを破って入ってきそう……。「ピート、起きて!」彼女はもう一度叫んでピートに目を向けた。

血。

血が出ている。

鮮血がピートの体の下からしみ出して、硬材の床のすきまに流れ込んでいる……。

アニーは泣きながら彼に駆け寄った。「お願い、死なないで。お願い、神さま、この人を死なせないで！」

ドアが破られ、ゴールデンとステッドマンが叫びながら銃をアニーに向けるのもかまわず、彼女はピートの体を仰向けにした。血を流しているピートのことだけしか眼中になかった。

おびただしい量の血がジャケットのウエストベルトの下からしみ出し、ジーンズの前を濡《ぬ》らしている。

息をしていない、ああ、ピートは息をしていない……。

「ピート」アニーは泣きながら、彼の顔に、髪に、腕に触れた。わたしを抱きしめてくれた腕、キスしてくれた唇……。「だめ！　いやよ！　ピート、愛しているわ、死なないで――」

乱暴な手がアニーを床から立たせ、ピートの体から引き離した。アニーは自分の身の危険もかまわず、もがき、ピートの名を泣き叫んで、彼の元へ戻ろうとした。ゴールデンに殴られ、床に倒れても、悲しみ以外は痛みも何も感じなかった。ああ神さま、ピートが死んでしまった……。

横たわっているピートの片方の手は体の下になり、もう一方の手は投げ出している。指が広がって、何かに手を差し伸べようとしているみたいに見える。アニーに向かって手を差し伸べているみたいに……。

「死んでいる」ゴールデンがピートを足でつついて言った。白い顔の中で緑色の目が熱を帯びている。今や冷酷というものが彼の中に住みつき、不安げな様子は影をひそめ、ぞっとするほど残酷な人間に見える。「金庫を開けろ。さもないと、おまえもあの世に送るぞ」

アニーは身じろぎもせず座っていた。かまわないわ。ピートが死んだのなら、わたしももう死んだのと同じ。

ゴールデンはののしりながら、アニーを研究室に引きずっていこうとした。

「おい、手を貸せよ」たまらずゴールデンはステッドマンに言った。

「どっちの手を貸せと?」ステッドマンは痛そうな声で答えた。「右手は弾がめり込んで、たぶん骨が砕けている。脚は串刺《くし》しの豚みたいに傷から血が出ているんだ――」

「黙れ」ゴールデンは言って、とうとうアニーを金庫の前に押しやった。銃を頭に突きつける。「さあ、開けろ」

アニーは無表情で立ち上がり、金庫を開け始めた。ゴールデンはわたしを殺すつもりだ。わたしがデスマスクを渡したらすぐに。

でも、逃がしてなるものですか。わたしが時間を引き延ばせば、ホイットリー・スコットとFBIが来てくれる。なんとか生き延びれば、ゴールデンとステッドマンが刑務所に入って落ちぶれるのを見届けることができるかもしれない。

「わたしをはめたわね、ゴールデン」急に恐ろしいほどの落ち着きを覚えながら、アニーは彼のほうを向いた。「そうでしょう？」

「金庫を開けろ」ゴールデンはいなした。

「デスマスクはここにはないわ」

ステッドマンが大声で悪態をついた。

ゴールデンの目に狼狽の色が濃くなった。「どこにある？」

「わたしをはめた理由を教えて」

「ものすごく簡単だったからさ。ＦＢＩがすでにおまえを調べていたから、そこにちょっと便乗させてもらったんだよ」

「どういうこと？」

「細かい説明が欲しいのか？　アテネの事件は単におまえの不運だった。我々はあれには何も関係していない。おまえが疑われたのは、ほかにめぼしい容疑者が見つからなかったからだ。そこで我々は、おまえがイギリスを離れたあとで同じような事件を仕立ててみせた。そしてここの研究室に盗品を置いた。どうだ、これで満足かい？　我々はＦＢＩに、やつらが欲しがっているものを与えた。今度はおまえが欲しいものを与えてくれる番だ。それがすんだら、ここは焼き払う」ゴールデンは銃の撃鉄を起こし、アニーの頭に押しつけた。「さあ、例のものはどこだ？」

「上よ」アニーは言った。不思議なことに怖くない。「屋根裏部屋」何かまだすっきりしないものがある。デスマスクのことはどうなの？　わたしをはめなければならなかった理由は？　きっと大切なことはまだ何も……。

「上には行けそうもない」ステッドマンが訴えた。「行ってきてくれ。あとはこの女を上に残してくればいい」

ゴールデンはアニーの腕を後ろに回させ、ねじり上げた。悲鳴をあげてもおかしくない痛さだったが、無感覚が彼女をすっかり包み込んでいて、声は出さなかった。

ピートの体は血だらけで広間に横たわっている。悲しみがアニーを貫き、体を真っ二つに切り裂いた。わたしが愛していたことをピートは知らずに終わってしまった。わたしの愛を告げる機会がないまま、彼は死んでしまった。いいえ、それは違う。いくらでも機会はあったのに、わたしが頑固で意地っぱりで自分勝手すぎたために、彼は何も知らずに逝ってしまったのだ。

涙をはらはらと流しながら、彼女は階段に足をかけ、ピートを振り返った。きっとあの顔はもう冷たくなっているはず。血の海が大きくなっている。ジーンズの膝まで血が広がって……。

アニーは、はっとした。体は階段を上り続けていたが、心は動きを止め、心臓すら鼓動を止めた。

ピートの指は、手を差し伸べるように広がっていた。なのに今は握っている。こぶしを作っている。

息がある。息があるんだわ。

周りのすべてが、急にはっきりと見えてきた。普通のスピードで歩いているように見せながら、屋根裏部屋へ上がるのをできるだけ引き延ばす。二人はスローモーションのようにして階段を上っていった。キッチンの電気がついたままで、白黒のタイルの床が立体的に見えた。ベッドルームのドアの横に取りつけた警報装置のコントロールパネルに緑のライトが点灯している。

緑。装置の電源が落ちている。

動作感知器が作動していない。でも、さっき玄関のドアを開けたときは一時解除をしただけで、ほかの装置は稼働させたままにしておいた。わたしが警報装置の電源を落としたのでなければだれが……。

ピートだ。

ピートは生きている。

アニーの体が震えだした。ゴールデンが押して、せかす。「怖いのか?」ばかにしたように彼は言った。「無理もない。例のものがここになかったら、おまえは死ぬのだからな」

怖いのではない。うれしかったのだ。とてつもない喜びに包まれて。ピートが生きていた！　神さまは二度目のチャンスを与えてくださった……。

ピートのこぶしは、何かのサインだったのに違いない。わたしが気づくことを承知していて――隅々までものを見るわたしのことを知っていたから。

彼は何かをわたしに伝えようとしている。でも、何を？

二人は階段を上りきったが、アニーは口を開く余裕がなく、屋根裏部屋へのドアを指さした。ゴールデンが開けろと合図する。

屋根裏部屋への階段をきしませながら上っていく。ここにゴールデンはわたしを置き去りにするつもりなのだ。永遠に。

耳を澄ませてみるが、階下からは何も聞こえてこない。

ピートは何を伝えようとしているのだろう。

ゴールデンがアニーの腕を放し、二人は部屋に入った。ゴールデンは銃を両手でしっかりかまえ、彼女に狙いを定めた。「持ってこい」

古いテレビの後ろ。あそこに木箱を置いた……。

木箱！

同じような重い荷物を空港に引き取りに行ったことをアニーは思い出した。ピートが持ち上げたところ、両手が必要だとわかって、持つのをやめた荷物。両手がふさがっているときにだれかが襲ってきたら、きみをちゃんと守れないからだと彼は言っていた。銃を撃てないからだと。

　ピートはあの荷物と銃を一緒に持てなかった！

　ピートにできないということは……。

　アニーは黙って木箱を持ち上げ、アリステア・ゴールデンが差し出す左手にそっくり手渡した。様子をうかがっていると、ゴールデンは、銃を持った右手を重い箱の底に添えて支えた。

　ゴールデンが驚いた顔をしたのは、予想外の重さのせいだったのか、それともピートの姿を見たからか。まさに死の淵《ふち》から甦《よみがえ》ったような、血だらけのピートが窓を破って入ってきて、両手に一丁ずつ銃をかまえた。

「動くな」ピートは叫んだ。「アニー、伏せろ！」

　ゴールデンがピートに突進しながら、むなしい努力で木箱を投げつけたので、アニーは物陰に飛び込んだ。銃声がした。

　そしてぱたりと静かになった。

「ばかなやつだ」ピートの声が聞こえた。「動くなと言ったのに」

　アニーはおそるおそる陰から顔を突き出した。ゴールデンが床に倒れ、見えない目が天井の垂木《たるき》を見つめている。だが、アニーにはピートしか目に入らなかった。

　ピート！

わたしの前に立っている、息をしている、生きている……。

「生きていたのね」頬に流れ落ちる涙にも気づかず、アニーは言った。「ああ、生きていてくれたのね」

もう見ることはないと思っていたピートの目を見つめながら彼のそばに行った。美しい焦茶色の目に生気があふれている。それに痛みも。

「気をつけて」ピートが言った。「ぼくはガラスだらけだから」

「気にしないわ」彼の顔に触れ、体を両腕に抱きしめる。「愛しているわ。あなたを二度と放さない」

ピートは甘く優しいキスをした。

階下にＦＢＩのチームが駆けつけた。

「機甲部隊でもないと」ピートの体がアニーの腕の中で揺れた。「間に合わない」そして膝ががくんと折れた。

一瞬、頭の中が真っ白になりながら、アニーは助けを求めて叫んだ。ピートの体を支えられる力はなく、床に落としてしまわないように、ゆっくりと下ろした。

ホイットリー・スコットがすぐに駆けつけてきた。「もう大丈夫だ！」彼は叫んだ。「みんな、下にいるからな！　おい、救急隊員を上に……」

だれかがピートのジャケットの前を開いた。真っ赤な血のしみが左下に広がっている。

「弾がジャケットの下から入って」スコットが言った。「上に向かって……」

ピートがスコットを見上げた。「ステッドマンは――」しわがれ声で尋ねる。

スコットはうなずいた。「おまえが置いてきた場所にいたよ。まだ意識が戻っていないが、手錠をかけてある」

「床に落ちているのはなんだ?」だれかが言った。「珍しい形の発泡スチロール玉だ……」

「ピーターソンはかなり失血している」別のだれかの声がする。

また== だれかがそっと言った。「こんな状態で、どうやって家の壁をよじ登ったんだ? 信じられない……」

「やるしかなかった」ピートがささやいた。「階段がきしむのが聞こえたから……」

「コカイン」だれかが言うのがアニーの耳に届いた。「この木箱の中身は全部コカイン……」

「もう少しです、部長」別の男の声が聞こえた。「救急車は今こちらに向かっていますから」

「下へ運べ」スコットが命じた。「かかえて下ろして車に乗せるんだ。待っているひまはない。途中で救急車に出合える――」

こんなことがあっていいの? 五人の男にかかえられるピートの手を放しながらアニーは思った。せっかく彼を取り戻したのに、また手放さなければいけないなんて。

奇跡的に救急車が到着し、ストレッチャーを持った救急隊員が広間にいた。ＦＢＩ局員たちがピートをそっとその上に横たえる。

「アニー」ピートがささやいた。

アニーは身をかがめて彼の顔に触れた。肌が冷たくなっている。「わたしの目の前で死なないで、ピーターソン」熱を込めて話しかけた。「一日に二回も。わたしは逝かせないわよ！」

「死ぬつもりはないよ」かすれきった声で彼は言った。目は痛みでうつろになり、手はアニーの手を握りしめている。「絶対に」

「愛しているわ」アニーは言った。「このことを忘れないで」

ピートはなんとか笑顔を作った。「忘れないよ」

18

ピートは目を覚ました。

集中治療室か。病院のベッドの周りにモニターや機械がずらりと並んでいるのを見て思った。

生きていたんだ。

ああ、たしかに生きている。腹の痛みがそれを証明している。

喉が渇き、口の中がねばねばして、古い靴下みたいな味がする。唾《つば》をのみ込もうとしたが、むだ骨に終わった。

点滴の管が右手の甲につけられている。

左手は万力にでも締めつけられたような……。

いや、違う、万力ではない。アニーの手だ！　ベッドのそばに座り、手をしっかり握ってくれている。マットレスの端に頭をのせて、目を閉じ、規則正しい息遣いをしている。眠っているらしい。

ピートはそっと手を放し、絹のようになめらかなアニーの髪に触れた。

アニーはゆっくりと目を開け、頭を起こしてピートを見た。

「もう目を覚ましてくれないかと思いかけていたのよ」目に涙をあふれさせて言った。その涙が一粒こぼれて頬を伝った。

「泣かないで」彼の口からはささやき声しか出なかった。「すべてうまくいくから……」

アニーの目に怒りが光った。「ゴールデンとステッドマンを挑発するつもりだったのなら、前もって言ってくれればよかったのに。あなたが何をしているのかわからなくて……あなたは頭がおかしくなったのかと思ったわよ。それに、ホイットリー・スコットに言われたんだけど、あなたは相手をわざと怒らせて、かかってこさせ、傷を負わせて武器を取り上げようとしていたんですってね。あなたが撃たれたのはわたしの責任だって。わたしがドアを開けて、あなたの気を散らしたから……」

大粒の涙がアニーの目からとめどなく流れ落ちた。ピートは手を伸ばしてアニーの手に触れたが、彼女は手を引っ込めた。しかし、すぐに思い直してピートの手を取り、口づけをしてから頬に押し当てた。

「わたし、本当に怒っているんだから」

「きみのせいじゃない。ぼくがゴールデンを見くびっていた。あいつにぼくを撃つ度胸があったとは思いもしなかった――」

「わたしがドアを開けなければ、撃たなかったわ。でも、ああ、ピート、あなたが死ぬんじゃないかと思って、本当に心配したわ」

「死ななかったよ」

「愛しているわ」

「覚えているさ」


ピートは車椅子に乗ってロビーに向かった。二重ドアの向こうに、秋の明るい日差しを受けてアニーのつやつやの髪が輝いているのが見えた。


看護師が外の歩道まで車椅子を押してくれる。朝の空気は冷たくてすがすがしかった。ピートは深く息を吸い込み、アニーの喜びに躍る青い目を見上げて微笑《ほほえ》んだ。

「さあ、部長さん」看護師が言った。「ここでお見送りしますよ」

ピートは立ち上がった。まだゆっくりした慎重な動き方だ。走ったりできるようになるには、もう二、三週間かかるだろう。

アニーはピートを心配そうに見守った。「今朝、ホイットリー・スコットと話をしたの？」

「ああ」

「内部に通じていたのはだれかわかった？」

「コリンズだった。暗証番号を入手して、ステッドマンとゴールデンをきみの家に入れたそうだ」

「それで、結局これは麻薬の密輸事件だったのね」

「そう。表向きは、ステッドマンが金を出して美術品を購入、ゴールデンがその鑑定の仕事を引き受けていた。が、その実は、イギリスに飛んで、コロンビアで仕入れてきたものを特別な発泡スチロール玉を使って梱包《こんぽう》していたんだ。ときには数千万ドルもの価値があるコカインを運んでいたらしい。コロンビアからアメリカへの持ち込み品は周到に検査されるが、イギリスは麻薬の取り引きでとくに有名なわけではないから、税関も手ぬるいとゴールデンはにらんでいたんだ。美術品のほうは、手の裏を返すようにすぐステッドマンが売却していた――たいてい損をして。やつにとってはそれぐらいの損はたいしたことではなかったんだ。コカインを売りさばいて大金を手にしていたからね。ベン・サリヴァンがデスマスクの鑑定人にきみを特別に指名したとき、ゴールデンはすでに梱包をすませていた。彼らはその中のコカインをそっくり失うはめになった」

二人は車にたどり着いた。ピートは自分が命を懸けた女性を見た。彼女のためならあと百回でも喜んで命を懸けるだろう。

「それは大金を失うということだ。あるいは、もっとまずいことになる。そこできみを例の電話で脅した。ナバホの過激派グループを犯人にでっち上げて、きみからデスマスクを盗もうとしたんだ。ぼくが現れてセキュリティが厳しくなると、彼らはやけになった。きみを殺そうとし、それに失敗すると、予備のプランに頼った――きみをはめたんだ。ゴールデンがあのマスクの鑑定人に指名し直されるためなら、彼らはなんでもするつもりだった。鑑定人になれば、あの木箱――コカイン入りの――が自分の手元に戻ってくるからね」

アニーは身震いした。「とにかく全部解決してうれしいわ」

ピートはアニーに手を貸してもらって車に乗り込み、彼女が運転席に座るのを見守った。「準備オーケー?」アニーが尋ねた。

「とっくにオーケーだよ」ピートは身を乗り出してアニーを引き寄せ、長く激しいキスをした。ようやく離れたときには、二人とも息も絶え絶えになっていた。「家に着いてまず初めにぼくがしたいことは何かわかるかい?」

彼女は、何をばかなことを言っているのというように顔をしかめた。「激しい運動はしないとドクターと約束したでしょう」

「だれが〝激しい〟ことをすると言った?」ピートは微笑み、アニーの耳たぶを噛《か》んだ。

アニーは身を引いた。「だめよ、ピート、本当に」真顔で言う。「まずはドクターに尋ねて、大丈夫かどうか確認してから……」

「大丈夫だ」アニーの長い茶色の髪を指でもてあそびながら、ピートは言った。「ドクターに尋ねる必要もない。彼のほうからその話を持ち出してくれたよ。ぼくがきみを見るときの目で察したんだろう」

今、わたしを見ているピートの目には……熱がみなぎり、炎が燃え上がっている。彼にもう一度キスをされると、アニーは目を閉じ、その炎の中で我を忘れていった……。

「家に帰ろう」ピートがささやいた。

高鳴る胸をかかえて、アニーは車を病院の私道から出し、幹線道路に乗り入れた。二、三キロ走ってようやく鼓動が落ち着くと、ピートに目をやった。「ジェリー・ティリットがメキシコでのプロジェクトの資金を手に入れたの。ベン・サリヴァンが提供してくれたのよ」

「それはよかった。もっと飛ばせないのか？」

アニーは笑った。「五分で着くわよ」

ピートの目は五分でも長すぎると訴えていた。

「キャラはティリットと一緒にメキシコへ行くの」ピートの気をまぎらそうとして――自分の気もまぎらそうとしてアニーは言った。この信号、永遠に変わらないんじゃないの？

「これから調査アシスタントの後任を探さなければ」

「きみも行くつもりなんだと思っていたよ」車が動きだすと、ピートは言った。「久しぶりに手を泥だらけにして、キャンプを張って……」

アニーは答えず、道路から目を上げることもしなかった。あなたのプランは？　そうききたかった。いつ仕事に復帰しなければならないの？　だが、黙っていた。きくことができなかった。

「いい考えがあるんだ」ピートが話を続ける。「ぼくたちはまずコロラドに行って、それからメキシコに向かえば――」

「ぼくたち？」アニーは驚きを隠せなかった。

ピートはアニーに微笑みかけた。「そうだ、ぼくたちだ。きみと、ぼく。これをハネムーンにすればいい」

アニーはさっとハンドルを右へ切って、デパートの駐車場に車を入れた。車を停《と》め、ピートと向かい合う。「結婚しようと言っているの？」

ピートの目に不安がよぎった。「もう言ったと思っていたよ」ゆっくりと告げる。「あのとき、ホテルで」アニーを見つめる彼の目が真剣になり、笑顔が消えた。「ぼくと結婚してくれるかい、アニー？」

彼女は唇をなめた。「ＣＩＡの人と結婚する気になれるかどうかわからないわ」静かに言う。「わたしにやっていけるかどうか」

車内を沈黙が包んだ。

簡単なことではないだろう。ピートが傷つきはしないか、撃たれはしないか、殺されはしないかと、常に心配がつきまとう生活。それが数週間どころかずっと続くのはたまらない。でも、ピートを愛している。彼が与えてくれるものならなんでも喜んで受け入れたい。

「いいわ。仕事を辞めて、あなたについていく」

二人は長い間見つめ合った。それからピートが言った。「ぼくが仕事を辞めるよ」

「そんなことしなくていいわ」アニーは穏やかに応じた。「どんな仕事をしていても、あなたと結婚する」

「でも、ぼくはそうしたい」ピートは言い、アニーの手を取って指先にキスした。「だいぶ前から考えていたんだ。今回のことがあるまでは、辞める理由がとくになかっただけで」

「でも、辞めてどうするの？　隠居するには若すぎるわよ」

ピートは微笑んだ。「転職しようと考えていたら、すばらしいポジションが空いているというじゃないか――だれかさんが調査アシスタントを探しているってね。ぼくには研究室の仕事の経験はないが、キャンプや穴掘りは得意だし、どこかの考古学者さんの扱いには慣れているからね」

アニーは笑ってピートにキスをした。何度も何度も。

体を離したときには手が震えていた。「よかったわ。これで一件落着して」

だがピートは、アニーの顎に指をかけて自分のほうに向かせた。「まだだ」その目は真剣だった。「きいておきたいことがある……」勇気を振り絞るように、しばらく視線を落とした。「きみが愛してくれていることはわかった」そしてアニーと目を合わせた。「でも、ぼくを許してくれたのかい？」

「許すですって？　もちろんよ。でも、決して忘れはしないわ。同じ間違いは二度としないように」

ピートは眉をかすかにひそめた。意味がつかめない……。

「あなたがわたしを愛してくれていることを決して忘れないわ」アニーは車のギアを入れた。「さあ、家に帰りましょう」

＊本書は、2007年8月にMIRA文庫より刊行された
『美しき容疑者』の新装版です。

mira

美《うつく》しき容疑者《ようぎしや》

2023年6月15日発行　第1刷

著　者　スーザン・ブロックマン
訳　者　泉《いずみ》 智子《ともこ》
発行人　鈴木幸辰
発行所　株式会社ハーパーコリンズ・ジャパン
東京都千代田区大手町1-5-1
03-6269-2883（営業）
0570-008091（読者サービス係）
印刷・製本　中央精版印刷株式会社

ISBN978-4-596-77556-6